ロードス島戦記
誓約の宝冠1

RAIDEN
ライデン
ターバ
TURBA
フレイム王国
FLAIM
アラニア王国
ALLANIA
ALLAN
アラン
ROID
ロイド
HIGHLAND
ハイランド
KANON
カノン
カノン王国
KANON
ヴァリス王国
VALIS
モス公国
MOSS
マーモ王国
MARMO
WINDISS
ウィンディス

ロードス島戦記　誓約の宝冠1

水野 良

角川スニーカー文庫

21533

Illustration：左
Design Work：草野剛

ロードスという名の島がある。

遥か昔、神々の戦いの末、破壊の女神カーディスの呪いに蝕まれ、
最後の力を振り絞った大地母神マーファにより
アレクラスト大陸から切り離された島だ。

かくして、ロードスはマーファの墓所として
豊穣が約束された地であると同時に
カーディスが滅びた場所として、魔物が跋扈する暗黒の地となった。

それ故、人々はこの島をこう呼ぶ。

――〝呪われた島〟ロードス、と。

ベルド

“暗黒皇帝”と恐れられた旧マーモ帝国の皇帝。魔神王を倒した六英雄の一人で、数々の武勲を立てた英傑。

カシュー

フレイムの初代国王。英雄戦争の折にマーモの暗黒皇帝ベルドを討つ武勲を立てる。

パーン

自由騎士として六王国のすべての地で武勲を挙げ、「ロードスの騎士」の称号を授けられた英雄。

スレイン

スパークと愛娘のニースを“終末”から救い出した、“北の賢者”と呼ばれる元フレイムの宮廷魔術師。

ウォート

“荒野の賢者”と呼ばれ、あらゆる魔法を駆使するロードス最高の魔術師。

レオナー

カノンの国王。王子の身分を隠して滅亡したカノンを解放したことから“帰還王”と呼ばれていた。

スパーク

マーモの初代国王。カーディス教団との決戦から生還し、暗黒の島を統治する。

レイリア

大賢者スレインの妻。ロードスの歴史の裏で暗躍するカーラに取り憑かれていたが、パーンの活躍で解放される。

CHARACTER

RECORD OF LODOSS WAR

CONTENTS

プロローグ

ロードスという名の島がある。

アレクラスト大陸の南に浮かぶ辺境の島だ。大陸の住人たちは、かつて呪われた島と呼んでいた。激しい戦乱がうち続き、怪物どもが跳梁《ちょうりょう》する魔境が各地に存在していたがゆえに。

だが、ここ五十年ほどのあいだに起こった三つの大戦、魔神戦争、英雄戦争、そして邪神戦争を経て、ロードスはようやく呪縛《じゅばく》から解放されようとしていた。

アラニア、カノン、フレイム、ヴァリス、モス、マーモの六つの王国は不可侵の盟約を結び、問題が起これば国王が集う会議の場において話し合いで解決するものとされた。

魔境もその地に棲息《せいそく》していた魔物ともども消滅しつつある。

不毛の大地であった風と炎の砂漠には水と大地の精霊力がもどり、ゆっくりとではあるが緑化が進んでいる。

帰らずの森はいにしえの妖精《ようせい》の結界が解かれ、自由に出入りできるようになった。

魔竜と恐れられた火竜山の主は倒され、その狩猟場であった肥沃《ひよく》な草原では大規模な開拓が行われている。

そして最大の魔境であった暗黒の島マーモもまた、闇の力を残しつつも厳格な法による統治が進みつつある。

呪われた島と呼ぶ者はもはや誰もいない。

そして人々はこの平和が永遠に続くものだと信じはじめていた――


その日、ロードス中央に位置する神聖王国ヴァリスの王城では、何年かぶりに国王が集う会議が開催されていた。

第二次邪神戦争とも真の邪神戦争とも呼ばれるマーモを舞台にした激戦の後、長らく行方知れずだったマーモ国王スパークが無事に帰還したからである。

会議ではスパーク王の帰還および彼とニース妃との成婚が祝され、マーモ王国のフレイム王国からの独立も正式に承認された。

会議は終始和やかに進み、千年の平和が約束されたと六人の王は高らかに宣言する。

その共同宣言に六王が署名し、会議は閉じられるはずであった。

「その誓いは本当かな？」

しかし突如として声が響き、ひとりの老人が虚空から姿を現したのである。

会議の場が一瞬、騒然となった。

「大賢者ウォート師では、ありませんか？」

そう言って席を立ち、老人に歩み寄っていったのは国王会議に出席していたロードスの騎士である。

彼の名はパーンという。

英雄戦争と二度の邪神戦争における最大の功労者のひとりであった。自由騎士として六王国のすべての地で戦い、ロードス全土の人々から英雄として讃《たた》えられている。

その功績からロードスの騎士という称号を授けられ、国王会議への出席を許されている。会議の話し合いに異論があれば、発言する権利もあった。もっとも彼がその権利を行使したことはこれまで一度しかない。

いつもは穏やかな表情で王たちの話し合いを傍聴するのみだ。

だが、その存在感は大きく、王らは自分の発言はどう受け取られたかを知ろうと、視線を彼に向けることもしばしばであった。

褐色の髪を短く刈り、髭《ひげ》も丁寧に剃《そ》っている。そして古代王国の著名な付与魔術師《エンチャンター》が鍛えた甲冑《かっちゅう》に身を包んでいた。鎧《よろい》とひとそろいの剣のほうは、別室に控えているハイエルフの女性に預けてある。

その女性の名はディードリット。永遠の乙女とも、ロードスの騎士の永遠の伴侶《はんりょ》とも呼ばれている。

「お久しぶりです」

パーンは老人の前に立つと、笑顔で一礼した。

「おまえか？　わしの塔で最初に会ったときを思えば、ずいぶんとくたびれたものだな」

ウォート師がパーンを無遠慮に見ながら言う。

「ウォート師は、あの頃とまったくお変わりないようでなによりです」

パーンは笑顔のまま応じる。

「ふん……」

パーンの言葉に、大賢者と呼ばれる老人が不機嫌に鼻を鳴らした。

「見てくれは同じでも、中身はどんどん衰えておるわ。長寿には興味がないゆえ、早晩くたばることになろう」

「スレイン夫妻がいつでも面倒を見ると言っておりますよ」

かつて北の賢者と呼ばれ、フレイムの宮廷魔術師でもあった〝星を見つけし者〟スレインは今、妻レイリアとともにマーモで暮らしている。娘のニースはマーモ王スパークの妃となっていた。そのふたりが〝終末〟から帰還して後はマーモ王国の政に参与しつつ、賢者の学院の再建にも尽力していた。

マーモにはかつて黒の導師バグナードの私塾があり、賢者の学院から奪われた書物や魔法の宝物が多数、所蔵されていたのである。

スレインはまたウォートのもとへ頻繁に通い、この大魔術師が所蔵している魔法書や宝物の研究にも余念がない。ウォート亡きあとは大賢者の塔の守護者として隠棲《いんせい》するつもりのようだ。

ウォートは偏屈で有名だが、スレイン夫妻とその娘ニースにだけは心を許している。それを不思議がる者もいるが、パーンはその理由を知っていた。

「常に揺れ動き、定まることなき心を持つ人間の世話など受けたくもない。物言わぬ従者どもで十分だ」

ウォートはふたたび鼻を鳴らした。

「ご老人、この部屋に入れるのは、許された者のみ。あなたが大賢者と呼ばれているのは承知しているが、しょせんは主人をもたぬ在野の魔術師。今すぐ立ち去っていただこう」

アラニア国王ロベスが憤然と言った。

「主人を持たぬゆえ、わしは誰にも従わぬよ。用が終われば、すぐに帰る。無理に帰らせようとは思わぬほうがよいぞ」

ウォートがアラニア王を一瞥《いちべつ》する。

「なんだと？」

ロベスが気色ばんで席を立つ。

「大賢者殿は魔神戦争において魔神王を倒された英雄のひとり。我らも敬意を払わなければな」

今やロードス最大の王国となっているフレイム王カシューが明るく笑いながら、アラニア王をなだめる。

「カシュー殿がそう仰《おつしや》るなら……」

ロベスが静かにうなずくと、腰を下ろした。

「わしはロードス千年の平和とやらに、祝いの品を届けにきただけじゃよ。おまえさんらの誓いが本当であればだがな？」

「わたしたちはそう宣言したところです」

モス公王レドリックがウォートに笑いかけた。

大賢者の塔はモス領内にあるので、視察のついでに何度か足を運んでいる。気難しい老人ではあるが、国政について相談すると、惜しみなく妙案を示してくれるのだ。

「わたしも確かに聞き届けました……」

パーンがうなずく。

「もし、六王の誰かが誓いを破るようなことがあれば、ロードスの騎士の名において、わたしがまず立ち上がります」

「おまえさんが立てば、ロードスの民は皆、従うじゃろうな……」

ウォートはパーンを見つめた。

「だが、おまえとて死すべき定めの身。そしてロードスの騎士を継承できる者は、誰もおるまい？」

「そうでしょうか？」

パーンは老人に問い返す。

「決まっておる。おまえほどの武勲をあげながら、富や権力を望まなかった者は過去に誰もおらぬ。それゆえロードスの騎士という名誉を与えられたのだ。だが、平和な時代に武勲はあげられぬ。武勲なくば、ロードスの騎士は名乗れぬ。名乗ったとしても、誰も認めはせぬ」

「平和が続くのなら、ロードスの騎士は無用でしょう。ですが、もしもふたたびこの島に戦乱の時代が訪れたなら、ロードスの騎士はかならず現れますよ」

パーンは断言した。

「おまえのその言葉が後世にまで伝わればよいがな」

「伝わります……」

パーンは自信の笑みを浮かべる。

「わたしは定命の人間ですが、永遠を手に入れていますから」

「なるほどな……」

ウォートがうなずいた。

「おまえの言葉とあのハイエルフの娘を信じないわけではないが、今回ばかりは余計なお節介をさせてもらうぞ。若き頃、わしには野心があった。それはひとりの若者にロードスを統一させることだった。そして統一された王国のもと、千年の平和を実現する統治制度をこの手で築きあげるつもりでいた……」

ウォートはひとりごとのようにつぶやくと、古代語の呪文を唱えはじめた。

ふたたびその場に緊張が走ったが、誰も動くことはなかった。

そして大賢者の呪文は完成し、彼の足下に大きな箱が出現する。

ウォートは古代語の合言葉を唱えて、その箱の蓋《ふた》を開く。

中には、九つの冠がしまわれていた。

「これは誓約の宝冠という。かつて古代王国がこの地を支配していたときに、当時の太守によって作られたものだ。その当時、蛮族と呼ばれていたロードスの諸部族の王に、この宝冠は与えられた。それは諸部族が争うのを防ぐためであったという。また、古代王国に彼らを攻める意志がないとの証《あかし》でもあったそうだ」

「その宝冠には、どのような魔力があるのだ？」

カシューが世間話でもするかのような口調で訊《たず》ねる。

「この宝冠を戴《いただ》いた者は、強力な禁忌をかけられ、他の戴冠者《たいかん》の国を侵略することができなくなるのじゃよ。そして戴冠者が第三者から攻められたときには、他の戴冠者らに同盟の制約をかけることができる。つまり、おまえたちとおまえたちの子孫は、ほぼ安泰となるわけじゃ。先程の宣言が本心であれば、無論、この宝冠を戴くことができような?」

「魔法の力は諸刃《もろは》です。あなたはそれをもっともよくご存知《ぞんじ》でしょう?」

パーンは厳しい表情で問うた。

「そのとおり、この宝冠はまさに諸刃じゃよ。自国を守るのは易しくなる。だが、他国を侵略することは難しくなるのじゃからな」

ウォートが答え、フレイム王カシューに視線を転じた。

「けっこうなことではないか……」

カシューが笑いながら立ち上がると、箱に近づき、宝冠をひとつ取り上げる。

「方々《かたがた》もご存知のように、わたしにも先年、世継ぎの王子が生まれた。だが、王子が成人するより先に、わたしはこの世を去るかもしれない。だが、わたしがこの宝冠を戴き、それを王子に譲れば、我が王子を守るなによりの力となる。喜んで戴冠させていただこう」

カシューはそう宣言すると、言葉どおりに宝冠を頭上に掲げた。

「カシュー王!」

マーモの国王スパークが立ち上がり、かつての母国であるフレイム王に声をかける。

「なんだ?」

カシューがそのままの姿勢で返してきた。

「よいのですか？」

「せっかくの大賢者殿の贈り物だ。受け取らないのは非礼というものだろう？」

スパークが問うと、カシューが笑いながら答えた。

「そうかもしれませんが……」

たしかに、千年の平和が謳《うた》われたあとでは、最高の贈り物とも思える。だが、スパークはどこか釈然としなかった。

「ロードスは五百年もの長きにわたって、灰色の魔女に呪いをかけられていました。その呪いのため、ロードスには戦乱が絶えませんでした。しかしそれゆえに大きな破局は免れていたとも聞いています。大賢者殿が贈ろうとされている宝冠は、その逆だと思えます。戦乱を抑える力はあるでしょう。その代わり、破局を招く恐れを感じるのです。わたしは戦を肯定するつもりはありません。ましてやそれを望んでいるわけでもありません。ですが、戦という手段を六王がそれぞれ残していることも必要ではないかと思えます。それを魔力で封じれば、回避するための努力をしなくなります。王国間で問題が生じたときにも、双方が妥協案を模索しなくなるかもしれません。話し合いは平行線となり、解決に至らなくなる恐れもあります……」

スパークはウォートを一瞥し、表情をうかがってみる。

だが、大賢者は無言で、その真意はわからなかった。

魔法の力を借りずとも、ロードスは当面、平和だろう。長きにわたる戦乱で、どの国も疲弊しており、国力の回復に務めている状況だからである。

最大の王国フレイムとて問題は山積みなのだ。属領であったマーモの独立を認めたのも、支援を続ける余力がなかったという理由が大きい。

マーモ王国に至っては、誰もが必死で働いて、かろうじて自立しているという現状である。そして将来においても、その状況が改善される見通しはない。マーモを統治するというのはそういうことだと、スパークは覚悟している。そして子々孫々に、それを伝えつづけるつもりだ。

(ニースがここにいればな……)

スパークはふと思った。

今回の会議では、スパークとニースの帰還と結婚、そしてマーモの独立を祝ってもらえるということで彼女も連れてきている。だが、今はディードリットらと別室にひかえていた。そして呼び出すわけにもゆかない。この会議において発言権があるのは、六王とロードスの騎士パーンだけだからだ。

ニースはウォートを実の祖父のように慕っており、また実の孫のように言いたいことを言う。ニースなら、ウォートの意図を正しく理解できたかもしれなかった。

「おもしろい考えだな」

カシューがスパークを見つめる。

「危険な考えにも聞こえます……」

神官王と称されたエトが聖職に専念することになり、代わってヴァリス王に選出されたウィントンが反論した。

「戦という手段があれば、大国が武威を示して自国の主張を押し通すようになります。それでは国どうしが対等な関係を築けません」

「マーモ王は武力で国を治めるおつもりなのですよ」

アラニア王ロベスが冷笑しながら言った。

「お言葉ですが、わたしはマーモを法で治めるつもりです。ただ、法とは公平かつ厳格に適用しなくては権威を失います。誰もが黙って従ってくれるなら、なんの問題もないでしょう。ですが、逆らう者が現れたとき法を強制するには武力が必要となります」

スパークはアラニア王に平然と応じる。

「領主が領民を武力で支配しているのは、どこの国も同じ。重要なのは、領民がどれだけ幸せに暮らしているかだな……」

カノン王レオナーが淡々と言った。

「そもそも、今はそういう議論は無用ではないかな？　大賢者殿が我らに贈ってくれた宝冠を戴くか否か。その判断は、カシュー王にお任せしようと思う」

「わたしはもう答を出しているよ」

カシューはレオナーに笑いかけると、頭上に掲げていた宝冠をゆっくりと頭に下ろしてゆく。そしてしっかりと嵌《は》めた。

「カシュー王が戴冠されたのなら、我らも従うしかありませんな……」

ロベスがすぐに席を立ち、宝冠を取って頭に載せる。

他の王も、ひとりずつ続く。

「これは、外したりしても、死んだりしないだろうな？」

カシューがウォートに訊ねた。

「その心配は無用じゃよ。戴冠した時点で魔力は発動し、それは戴冠者の命あるかぎり続く。だが、禁忌に触れたり、制約に反した場合は、強力な呪いが降りかかることになる。世継ぎにその宝冠を譲るかどうかは自由じゃが、新たに王となる者がこの宝冠を戴くことを拒絶したとすれば、その者はこのロードスを征服する意志を示したといえような……」

ウォートは無表情に言う。

「六王の英断に、心からの敬意を表しよう。いずれ貴国らには、わしが所蔵する魔法の品々や財宝を贈らせていただく。魔法の武具もあれば、統治の助けとなる宝物もある。だが、ロードスの騎士の言葉どおり、魔力に頼るだけでは千年の平和は守れぬ。戦の愚かさを後世まで伝えつづけることじゃな。ロードス統一などという野心を抱いたがゆえ、大切なものをすべて失うことになった老人からの忠告じゃよ……」

そう言い残すと、瞬間移動の呪文を唱え、大賢者は姿を消した。

こうして、その年の六王会議は閉幕となる。

千年の平和が宣言された祝福すべき会議として、今も語り伝えられていた――

第一章　マーモの継承者

RECORD OF LODOSS WAR

1

　建国の英雄王カシューから数えて四代目となるフレイム王スロールは今、死の床にあった。

　三代目の統治が長かったゆえ、在位の期間は十年ほどである。だが、皇太子の頃から国政に尽力し、名君と讃《たた》えられた国王であった。

　半年前に重い病を患い、戦神マイリー教団の最高司祭による治癒の祈禱《きとう》も届くことはなかった。王とて、死すべき定めから逃れることはできないのだ。

　スロール王には三人の王子とふたりの王女がいた。王女はふたりともフレイムの有力貴族に嫁いでいる。王子のひとりは子供の頃、落馬事故で死んでおり、皇太子ディアスは三十五歳。弟の王子パヤートは二十三歳だ。

そして、ふたりの王子は今、王の病床に呼ばれている。

「いよいよ、これを譲るときが来たな」

スロールはそう言うと、長く側近として仕えてきたマイリー教団の宮廷司祭ラジブに、目で合図をした。

ラジブ司祭はうなずくと、豪華な箱に収められた宝冠を取り出す。

百年前、大賢者が当時の六王に贈った誓約の宝冠であった。これを戴《いただ》いた王は他の戴冠《たいかん》者に対し、戦をしかけることができない。また、誰かから戦をしかけられた場合、他の戴冠者に同盟を強制する魔力があるとされる。だが、その魔力はこれまで一度も行使されたことがない。

「早々に戴冠式を行うがよい。わしが死んだ後、宝冠の魔力は発揮されるそうだ」

スロールは皇太子を見つめて言った。

司祭はディアスに向かい、恭しく宝冠を差し出す。

「父上……」

ディアスは司祭を無視し、厳しい表情で王を見つめた。

「わたしはこの宝冠を戴くつもりはありません」

「……どういう意味だ？」

スロールの目がわずかに見開かれる。瞳《ひとみ》に壮健だった頃の強い輝きが一瞬もどった。

「父上もご存知のはず。偉大なる建国王カシューはこの宝冠を戴いたあと、してやられたと漏らしたと……」

「無論、知っておる。建国王は傭兵《ようへい》から身を起こし、このフレイムの王となった。ロードス統一の野心を抱いていたとも伝えられている。彼の大賢者ウォートが宝冠を贈ったのは、建国王の野心を封じるのが目的だったのは間違いあるまい。だが、この宝冠を戴いた建国王の本心は誰も知らぬ。わしは建国王が戦を倦《う》んだゆえだと思っている。わしら子孫に平和な世を贈りたかったのだとな」

「わたしはそうは思いません。建国王は大賢者や他の王たち、そしてロードスの騎士に謀られたのです。それゆえ野心を封じざるを得なかった。しかし今や我がフレイムは他の王国すべてを相手に戦っても勝利できるだけの国力があります」

ディアスは自信の笑みを浮かべた。

その自信には裏付けがある。かつて火竜の狩猟場とされた肥沃《ひよく》な平原は開墾が進み、ロードスでもっとも肥沃な耕地となっている。

風と炎の砂漠も緑化され、各所に出現したオアシスを中心に大規模な放牧が行われるようになった。

そして新型の帆船による大陸交易を独占的に行っている。大陸はここ百年、争乱の時代であったため、優れた職人や賢者、さらには亡国の王族、貴族らが平和を求め、ロードスの地に逃れてきている。フレイムは大陸渡来の人材を積極的に登用し、豊かな富と文化を築きあげていた。

フレイムは今や、海軍を合わせて七つの軍団を有し、その総力は他国の軍をすべて合わせたよりも強大で、装備においても勝っている。

「魔法の宝冠ごときに国の安泰を頼んでいるような王どもは、残らず倒してみせますよ」

「おまえがそのようなことを考えておったとはな。見抜けなかった……」

王は視線だけを皇太子に向けると、ため息まじりに言った。

見抜いていれば、廃嫡もできただろう。だが、病床にあっては、もはやどうすることもできない。

「おまえはどう考える？」

スロールは王位継承権第二にある第三王子パヤートに訊《たず》ねた。

「わたしはこれまで父上に従ってまいりました。これからは兄上に従うのみです……」

パヤートは表情を強張《こわば》らせながら答える。

「そうだな、わしの治世はもう終わった。これからはディアスの時代だ。好きにするがよかろう」

「父上がご存命のあいだは、決して戦ははじめませんので、ご安心ください。宝冠の呪いで父上に害が及ぶのは、本意ではありませんので」

ディアスはそう言うと、恭しく一礼して病室を去った。弟のパヤートもそれに続く。

「わたくしが太子をお諫《いさ》めいたしましょうか？」

ラジブ司祭が王に声をかける。

彼はうすうす皇太子の考えを知っていた。だが、病床の王には伝えなかったのである。王には安らかに喜びの野へと旅立ってほしいと願っていたからだ。

「無駄だな。あれは誰が忠告しようと、考えを変えるまい……」

スロールはかすれた声で言う。

「愚かなことだ。あれは勝利を確信しておるようだが、戦う相手は諸王とその騎士だけではない。本当に恐ろしい敵を、あいつはわかっておらぬ」


それから五日後、第四代フレイム王スロールは崩御した。

先王の葬儀と新王の即位式はただちに行われたが、他国からの使者は式典への参加を拒絶された。そして新王は誓約の宝冠ではなく、初代フレイム王カシューが最初に戴いた簡素な王冠を選んだのである——

2

「どいてくれ！」

マーモ王国の王都ウィンディスの街路に叫び声が響いた。

そして四つ辻《つじ》にひとりの少年が姿を現し、身体を傾けながら全速で曲がる。

短い黒髪はひどく乱れていた。身に着けている服は汚れ、繕い跡が目立っている。だが、布地は厚手で、マーモ特産の染料で鮮やかに染められていた。履いているのは、柔らかな革製の長靴。

少年は通行人を巧みにすり抜けて走る。

この地区は〝歓喜の川〟セストの港に近く、ロードス本島の各国から運ばれてきた商品が路上で売りだされていた。市場より安値であり、おもに商人が仕入れ、近郊の村々へと売りに出る。普通に買うこともできるが、小口の場合、大通りの市場と同じ相場となる。

「待ちやがれ！」

少年に続いて、五人の男が荒らげた声をあげながら、姿を現した。真新しいマーモ染めの服を着て、フードを目深にかぶっている。腰の左右に黒革の鞘《さや》に収めた短剣を吊《つる》していた。

通行人は彼らをひと目見て、かかわるまいと急いで街路の脇へと寄る。

「なんだ？」

人々は眉《まゆ》をひそめ、少年と男が通りすぎるのを待つ。

「逃げていたのは、ライル王子じゃねぇか？」

少年と男たちの姿が見えなくなってから、アラニア産の林檎《りんご》を箱詰めにし、屋台で売っていた男は首を傾げた。

「また、なにかやらかしたのだろうさ」

路上にフレイム織りの絨毯《じゅうたん》を敷き、腐銀《コバルト》で鮮やかに絵付けされた磁器を並べたドワーフが肩を揺らしながら笑う。

マーモ王国第四王子ライルは先日亡くなった先王アスランの末子だ。よく街中を出歩き、そして騒動に巻き込まれている。

マーモ王国が建国される以前、〝翳《かげ》りの街〟と呼ばれていた頃に比べれば治安は遥《はる》かによくなったとはいえ、この街はいまだ危険に満ちていた。しかもライル王子は護衛の騎士や兵士をいつも伴わない。単独か、ひとりふたり従者を連れているだけなのだ。

だが、この国では決して珍しくはない。王族も貴族も治安を維持するため、常に領内を巡視せねばならないのだ。怪我をしたり、命を落とすこともある。そのためマーモの王族や貴族は、子沢山であることが多い。建国王スパークと王妃ニースにしてそうで、生涯において十人もの子をもうけている。

「どいてくれ！」

しばらくすると、もう一度、同じ声が響いた。

そして第四王子がまたも姿を現す。追っ手の男たちがすぐに続く。距離は縮まり、人数も増えている。

「様子がおかしい……」

林檎売りは首を傾げた。

目の前を王子が駆け抜けてゆく。

「悪い！　あとで買い取るから！」

そう言いざま、王子が屋台に積まれていた林檎の箱に手をかけ、強くひいた。

「あっ！」

リンゴ売りがそう声をあげた瞬間、いくつかの箱が倒れ、赤い果実が路上に散乱する。王子のすぐ後を走っていた追っ手のひとりが足を取られて転ぶ。他の男たちも速力を緩めるしかなかった。

その隙に王子は狭い路地へと折れてゆく。

「おいおい……」

林檎売りは、呆然《ぼうぜん》とそれを見送った。

「衛兵はまだなのかよ！」

路地に入ってすぐ、ライルは悪態をつく。

すこし奥に入ったところに、路《みち》を塞《ふさ》ぐように置かれた空の荷車が一台あった。人が引く小型のもので、斜めに傾いた荷台から棒が二本手前に伸び、その先端に横棒が渡されている。その横棒は地面につき、車輪とともに荷車を支えていた。

乗り越えるのは難しくはない。だが、ちょっとした考えが閃《ひらめ》いた。

荷車の横棒に乗り、後ろを振り向く。

すぐに追っ手が姿を現し、二列になって迫ってくる。

「始末しろ！」

後方で誰かが叫ぶと、先頭のふたりが短剣を抜いた。

「正当な理由なく武器を抜くのは、スレイン法違反だ。刑罰は鞭《むち》打ち三回！」

ライルは挑発するように声をかける。

「捕まるかよ！」

「くたばりやがれ！」

短剣を構えて突進しながら、男たちが叫び返す。

「そらっ！」

ライルはタイミングをはかって高く後方へと宙返りした。

着地したのは荷台の後部である。彼の重みで、荷車の前部が勢いよく跳ねあがった。横棒が、刃物を突きだし前屈《まえかが》みになっていた先頭のふたりの顎《あご》に直撃する。

「がっ！」

呻《うめ》きを漏らし、ふたりの男が仰向《あおむ》けに倒れ、動かなくなった。

後続の男たちは、あわてて立ち止まる。

ライルはその隙にそこから離れると、さらに狭い路地へと入り、何回となく曲がり、もとの大路へと出ようした。この辺りに限らず、ウィンディスの街路は熟知している。

だが、行く手にひとりの男が姿を現し、両手を広げて立ち塞がった。ライルの動きを読んで先回りしたのか、あるいは張ったやまが当たっただけか。

ライルが後方を確かめると、まだふたりほどが追いかけてきている。

「もう逃げられねぇぞ！」

正面の男が勝ち誇ったように口の端をつりあげると、二本の短剣を抜いた。身体を屈めて低く構える。

「だったら、逃げないだけだ！」

ライルは強気に応じ、腰に帯びていた小剣を抜く。

そして全力で走り、男との距離を詰める。

短剣を投げてくるかと思ったが、相手はそんな動きは見せなかった。

二本の短剣で戦うつもりなのだろう。一本の小剣で対するのは難しい。路の幅は両手を横に広げれば左右の建物に届くぐらいに狭く、横にかわすことはできない。しかも時間をかければ、後方から来る追っ手に挟み撃ちにあう。

(どうする?)

迷っている暇はなかった。

ライルは小剣を振りかぶると、右足で踏み切り、思いっきり高く跳ぶ。

小剣が振り下ろされると予測し、相手がそれに備える。上体を起こし、左手の短剣で防御の体勢をとった。刃の背の部分が櫛《くし》状になった特殊なものだ。攻撃に備えている右手の短剣の刃は黒塗りで波状である。

(やはり、アラニアの盗賊だな)

波刃の短剣は、彼の国の盗賊ギルドでは、メンバーの証《あかし》だと聞いた。

「たあっ!」

ライルは気合いの声をあげる。小剣は振るわず、相手の顔を左足で蹴《け》りつけた。

その攻撃は予想していなかったのだろう。鉄で補強されている長靴の先端が、男の鼻柱を強打する。

男の頭が大きく仰《の》け反り、くたくたと足から地面に崩れ落ちた。二本の短剣も取り落とす。

着地したライルは、男を跳び越え、先に進もうとした。

だが、左足が空中でなにかにひっかかる。蹴り倒した男が、ライルを逃すまいと腕を伸

ばしたのだ。

ライルはバランスを失い、顔から地面に落ちてゆく。寸前で受け身を取り、前転して身を起こした。

「よくもやりやがったな……」

男は顔を手で押さえながら、起きあがろうとしている。

「そっちこそ！」

ライルは、後ろ蹴りを相手の後頭部に入れた。

男はがくんと前のめりになり、反動で後ろに倒れる。そして今度はもう動かない。

「ガキが！」

だが、そのときには後方のふたりが迫ってきていた。

今から走りだしても、追いつかれそうだ。ライルは立ち上がると、小剣を構えなおす。

戦いながら、後退するしかない。

路が狭く、ふたり同時に相手をしなくてすむのが幸いだった。

しかし——

「見つけたぞ！」

背後で声があがる。

ちらりと視線を向けると、路地の入口にひとりの男が立っていた。

（まずい！）

ライルはさすがに焦りを覚える。

（オレの番が来たかな？）

マーモの王族、貴族が死を覚悟したときに使う言葉を心のなかでつぶやいた。

そのときである。

「ぐあっ！」

悲鳴をあげながら、路地の入口にいる男が前のめりに地面に倒れた。その背中に短剣が刺さっている。

倒れた男の向こうに、小柄な人影があった。

「兄貴！」

その人影が声をかけてくる。

短髪だが前髪は長めで両目が隠れそうなほど。首には赤い布を巻いている。袖《そで》はなく裾《すそ》の短い灰色の一枚布の服を身に着け、幅広の革製の帯で胴を締めていた。履いているのは膝《ひざ》の上まである布製の長靴で、何カ所かを紐《ひも》でくくっている。

「ノラか？」

ライルは一瞬、笑みを浮かべた。

ノラというのは呼び名で、本当の名前はノーラという。年齢は十二歳。マーモの盗賊ギルドに属する盗賊見習いだ。

五年前、街で盗みをしているところを見つけ、ライルが取り押さえたのである。本来なら三回の鞭打ち刑だが、まだ子供なので可哀想に思い、父に願いでて自分の従者にした。密偵として働かせようと、盗賊ギルドに預けて訓練を受けさせている。

弟分だと思っていたのだが、実は女だったと最近、知った。本当の名前を知ったのも、そのときである。だが、そちらの名前で呼ぶのはなんとなく気恥ずかしいので、ライルは今もノラと呼んでいた。

「兄貴はなんで同じ場所をぐるぐる回ってんだよ！」

「ノラこそ、なんでまだここにいるんだ？　城にもどって、兄さんたちに伝えてくれと言っただろう！」

正面の男に集中をもどしつつ、ライルは大声をあげる。

「だって兄貴が心配で……」

「オレが同じところを走り回っているのは、こいつらが逃げないよう引きつけてたんだ。川船を用意していたからな」

そのため追っ手を完全には振り切らず、ときどき挑発したり、わざと疲れた様子を見せたりしながら、この区画に誘いこんだのだ。

「だったら、ちゃんとそう言ってよ！」

泣きそうな声が返ってくる。

「そのぐらい察してくれよ！」

言葉足らずなのは悪かったと思うが、このままでは男たちを取り逃がしてしまう。

そして新たな追っ手が路地の後方から姿を現した。四、五人はいるだろう。

「しかたないな……」

小剣を大きく振るっていったん相手を退かせてから、ライルは踵《きびす》を返し、全力で走りはじめた。

「兄貴！」

ノーラが警告の声をあげる。

それを聞くや、ライルは素早く屈んだ。短剣が頭上を通り過ぎてゆく。短剣はノーラの足下近くで地面に落ち、金属音をあげながら跳ねた。

「ひゃあ！」

ノーラがあわてて短剣を避《よ》ける。

「大路にもどるぞ！」

ノーラと合流し、ライルは声をかけた。

「わ、わかった！」

ノーラが急いでうなずき、先に大路へと出る。

大路に出ると、ライルはもう逃げなかった。

「ライル王子！　いったいなにがあったんです？　あの連中はいったい？」

林檎《りんご》売りの男が声をかけてくる。

路上に散らばった林檎はすでに回収され、箱には売約済みの紙が貼られていた。

「ヤツらはアラニアの盗賊ギルドの手先だ。薬草院の薬を闇取引している。マーモ王国の名において、マーモの民に協力を要請したい！」

ライルは大路の露天商や通行人に向かって、大声で呼びかける。

「使い方を誤れば、薬は毒にもなる。それゆえ薬草師以外が扱ってはならない。それがマーモの法だ！」

そして正義だと、心のなかで続けた。

ライルを追いかけていた男たちは、怪我の治療や激しい痛みをともなう病気のとき使用される強力な鎮痛剤を闇取引していたのだ。副作用として幻覚症状があり、アラニアではそれを快楽のため服用するのが流行《はや》っていると聞く。

莫大《ばくだい》な稼ぎになるらしく、アラニアの盗賊ギルドが密売していると聞いていた。もちろんマーモの薬草師の誰かが薬を横流ししているのである。

ライルは取り引きの現場を押さえ、薬草師が誰かを特定したのだ。その薬草師が捕まれば、薬の入手が難しくなる。だからアラニアの盗賊たちは多少の危険を冒しても、ライルを始末したかったのだ。

しばらくすると大路に男たちが姿を現す。ライルに翻弄《ほんろう》され、仲間を死傷させられ、怒りに我を失っている様子である。だが、大路に出たとたん、彼らの表情がひきつった。

さっきまで無関心に見えた街の住人らの視線がすべて、彼らに集まっていたのだ。しかも、全員が武器を手にしている。今は二十人ほどだが、ひとりまたひとりと人数が増えつつあった。

林檎売りは短刀を抜いている。

ドワーフの磁器職人は、鎚《つち》を持っていた。

大路に面する建物の窓からは何人かの婦人が顔を出し、小型の弩《いしゆみ》で狙いをつけている。

「法を犯せば罪人となる……」

街の人々が口々に言う。

アラニアの盗賊たちの顔が恐怖に歪《ゆが》んだ。

短剣を構え、住民らに向けて脅すが、誰も怯《ひる》まない。

「罪人は罰を受けねばならない……」

住民らは本物の殺気を漂わせ、包囲の輪を縮めはじめる。

「これがマーモの民だ！」

ライルは胸を張って言う。

「命が惜しければ、武器を捨てろ!」

3

マーモ王国の王城ウィンドレストは、ウィンディスの街のほぼ中心にある。この島を象徴するように白と黒の石造りの建物がそびえていた。城の周囲には濠《ほり》が巡らされ、セスト川からの水を引き入れている。

最初に城が築かれてから数百年が経過していた。その間、何度も主《あるじ》が替わり、建て直しや改修がなされている。マーモ王国の王城となってから、さらに拡張と整備が行われ、今の姿となった。

城内は迷宮のように入り組み、様々な仕掛けが施されている。地下には牢獄《ろうごく》があり、何人もの罪人が投獄されている。先程、街中で捕らえられたアラニア盗賊ギルドの一味や、薬を横流しした薬草師は、その新たな住人となることだろう。

城から派遣されてきた近衛《このえ》騎士とその兵士に後始末を任せ、ライルはノーラを伴って、王城へともどっていた。

ノーラは荷車を引いている。ライルがひっくり返した林檎の箱だけでなく、捕縛に参加してくれた住人から買い取った様々な品物が積まれていた。それらの代金は、王国の予算から支出されるわけだが、財政担当の文官が渋い顔をするのが容易に想像できる。ライルが街中で騒動を起こすたび、予算外の支出が生じ、やりくりに苦労しているらしい。

「お帰りなさいませ、ライル王子」

城門に着くと、警護の兵士が声をかけてきた。

その声を聞き、詰め所から兵士長が四名の兵士を連れて姿を現す。

「今回は、お手柄だったそうですね」

兵士長が笑いかけてきた。

「まあな……」

ライルは顔をしかめながらうなずく。城下の騒動はすでに広まっているのだろう。おそらく笑い話として。

「その荷車は、なんですか？」

兵士長が訊《たず》ねてくる。

「林檎と諸々《もろもろ》だよ。訳あって買い取った。なにかに使ってくれと、侍従長に伝えてくれ」

ライルは答えた。面倒な仕事は押しつけるにかぎる。

「わかりました……」

兵士長が苦笑まじりにうなずいた。

そしてノーラを連れて、城内へと入る。芋が植えられた狭い庭園を抜け、王族が居住する城館のほうへと向かう。

ライルはまだ成人と認められておらず、身分は騎士見習いだ。王国における公式な役職もない。公務が行われている区画には、必要がないかぎり行かないようにしている。

「らいりゅさま……」

城館に入ると、柱の陰から小さな影が現れ、しわがれた声で呼びかけてきた。

赤肌鬼《ゴブリン》である。名をアグゾという。ゴブリン族の上位種で、普通のゴブリンより体格はひとまわり大きく、知能も高い。七年前に生まれ、二年前からライルの従者となった。マーモ王国のシンボルである白と黒の枡目《ますめ》模様の服を身に着け、赤い帽子をかぶっている。

そして革の首輪には、鎖を繋《つな》ぐための金属の輪がついていた。

マーモ王国におけるゴブリンたちの身分は奴隷である。数が増えないよう、街の人々が一匹ずつ養っている。ゴブリンらは群れると好戦的になるが、一匹だけだと臆病《おくびょう》で従順に振る舞う。逃亡を防ぐため、外に連れだすときや主人が寝るときには、鎖で繋ぐのが決まりだ。もっともアグゾは上位種なので、鎖に繋いだことはない。妖魔《ようま》兵団の隊長でもあり、戦となれば、市民が養うゴブリンを率いることになる。

アグゾがなにか言いたげだが、一緒にいるノーラを気にする様子を窺《うかが》わせた。

「なんだよ？」

ノーラが不満そうな顔をする。

　このふたりは反りが合わない。どちらが一番の従者かで張り合っているようだ。

　ライルは腰をかがめ、アグゾの顔に耳を近づける。ゴブリン独特の体臭と、それをすこしはましにする香料の匂いが鼻をつく。

「ありゅしゃーさまがお呼びです」

　アグゾが小声で囁《ささや》いた。

「アルシャー兄さんが？」

　ライルも小声で返す。

「重大な話とのことです」

　アグゾがもったいぶって言った。もっとも、この小鬼は些細《ささい》なことでも、大事《おおごと》にしたがるところがある。

「わかった、すぐ行く」

　ライルはうなずいた。

　アルシャーは次兄である。だが、皇太子であった長兄のクリードが訳あって王位継承権を放棄したので、今は皇太子の地位にあった。そして父である国王アスランは、ひと月まえに崩御している。即位こそまだだが、次兄アルシャーは実質的にはマーモの国王だった。

　ライルはノーラとアグゾを連れて、城館の廊下を歩く。

　この廊下には、代々の王族やマーモ王国の建国に功績のあった人物の肖像画がかけられている。最初にフレイム建国王カシューの肖像画があり、マーモ公国時代の公王シャダム、さらにロードスの騎士として知られるパーン、それから建国王スパーク、その王妃ニースと続く。

ライルはロードスの騎士の肖像画の前に立つと、しばらくその絵を見つめた。

「いつも、その人の前で止まるよね」

ノーラが不思議そうに声をかけてくる。

「尊敬しているからな。この人は唯一無二の騎士なんだ。ロードスの平和と正義を守るため、戦い続けた」

ロードスの騎士の伝説を初めて聞いたのは、七年ぐらいまえ、叔父《おじ》のひとりに初めて酒場に連れていかれたときだ。

喧噪《けんそう》のなか、吟遊詩人がロードスの騎士の武勲詩を唄《うた》っていたのである。長大な歌詩で、何夜も続くらしい。もっとも、そのときは酒を呑《の》まされたこともあって、すぐに寝てしまった。だが、詞《うた》の端々が不思議と耳に残り、後日その叔父にロードスの騎士のことを訊ね、この肖像画の人物だと教えられたのだ。

ロードスの騎士は英雄戦争から邪神戦争にかけて、ロードス全土で武勲をあげている。マーモにおいても、旧帝国の打倒からマーモ王国の建国にかけての功労者だという。

建国王スパークと王妃ニースが終末の門に飛び込み、この世界に不在だったあいだは、実質的な国王であったそうだ。だが、建国王らが帰還するや、その事実を公的な記録から消し去り、マーモを去った。

ロードスの騎士の意思を尊重し、彼がマーモ王であった事実は、今も公にしていない。だが、マーモの王族はそれを語り継いでいる。

それ以来、ライルはロードスの騎士という人物に興味を覚え、その伝説を調べてみた。どこまでが本当かは分からないが、今日のロードスがあるのは、彼のおかげというしかない。しかも、彼はいかなる見返りをも求めず、王にも貴族にもならなかった。

ライルが王都を見回り、街の治安を守っているのは、若かった頃のロードスの騎士の生き方を真似ているところもある。

「ノラとアグゾは、オレの部屋で待っていてくれ」

自分の部屋の前まで来ると、ライルはふたりに声をかけた。

ふたりは顔を見合わせ、あからさまに嫌そうな顔をする。

ライルはかまわず、城館の最奥近くにある皇太子の部屋まで進んだ。

扉を叩《たた》き、名を告げると、すぐに返事がくる。

部屋に入ると、次兄アルシャーだけでなく、三番めの兄ザイードの姿もあった。

ふたりは円卓で向かいあっている。表情が硬い。

ライルは無言で空いている席に着いた。

「フレイム王スロール様が亡くなられた」

ライルが腰を落ち着けるのを待ってから、ザイードが重々しく声をかけてくる。

四歳違いのこの兄は、伝統的な砂漠の民の服装をしていた。ゆるやかに波打つ長い黒髪を布で巻いてまとめ、髭《ひげ》を伸ばしはじめている。瞳《ひとみ》は深い青。ゆったりとした長衣を身に着け、繊細な刺繍《ししゅう》を施された腰帯を巻いていた。椅子に腰を下ろし、次兄と向かいあっている。

「フレイムの王様が？」

ライルは一瞬息を呑み、そしてため息をつく。

「病気とは聞いていたけど……」

「スロール王の葬儀と皇太子ディアス殿下の即位式はすでに行われたらしい」

ザイードが続ける。

「じゃあ、フレイムで六王会議が開催されるんだな」

「それはない」

ライルはひとりごとのようにつぶやいたが、ザイードにすぐ否定された。

「なんでだよ？　新王が即位したら、六王会議で祝されるのが慣例じゃないか？」

「祝福されるような即位ではないからだ。新王ディアス様は誓約の宝冠ではなく、フレイム建国王カシュー様が最初に嵌《は》めておられた王冠を戴《いただ》いたらしい」

「なんだって！」

ライルは驚いて、腰を浮かしてしまった。

「それは、つまり？」

そのままの姿勢で、ザイードに訊ねる。

「ああ、ロードスを武力で統合する意志を示したということだ」

ザイードがなげやりに言った。

「そんな……」

ライルは脱力したように椅子に腰を落とす。

百年前に開催された六王会議で、千年の平和が謳《うた》われている。六国の歴代の王はそれを遵守し、王らが戴く誓約の宝冠はそれを保障するものだった。

「戦が始まる？」

ライルは呆然《ぼうぜん》と言う。

「ロードス全土を巻き込む大戦になるだろうな。当然、このマーモも無縁ではいられない」

ザイードが答えて天を仰ぐ。

ライルはつられて天井に視線を向けたが、そこは黄ばんだ漆喰《しっくい》が剝《む》きだしで、天井画や装飾などは一切なかった。

「実は、フレイムより密使が訪れている」

それまで無言だった次兄アルシャーがようやく口を開く。

亜麻布に草木染めを施したゆったりとした長衣に身を包んでいる。履いているのは細かく裂いた樹皮を編みあげた短い靴。すべてエルフ製だった。

褐色の髪は短く、顔の輪郭は母親に似て丸みがある。一時期、髭を伸ばそうとしたが濃くならなかったので、今は丁寧にそっている。いつもは薄目で口許《くちもと》には笑みを湛《たた》えているが、今は目を見開き、口許も引き締められていた。

「密使？」

ライルは眉をひそめる。

「フレイムの新王となられたディアス様からの親書を預かっていた。我が国にカノンへ侵攻しろとの要請だった」

アルシャーがため息まじりに言って、テーブルのうえに封筒を置いた。

手に取ってみると、封筒の裏側にはフレイムの紋章が刻印された蜜蠟《みつろう》が施されてある。

開封されていたが、手紙は丁寧にもとに戻されていた。

だが、文面を確かめる気にはならない。

「マーモはフレイムの属国じゃない！　平和の盟約を破っておいて、よく味方しろなんて言えるな」

ライルは怒りの声をあげた。

「わたしは、フレイム王の要請に応じるべきだと思う。兄上にもそう進言していたところだ」

ザイードがライルに向かって言う。

「なんでだよ？」

ライルは不機嫌に睨《にら》みかえした。

「フレイムはマーモのかつての宗主国だ。この国の貴族の多くは、フレイムに親類縁者がいる。フレイムの王弟となるパヤート様は、ビーナと結婚の約束をかわしたところだ」

ビーナはマーモ王家の第三王女で、ライルより二歳上の姉である。半年ほどまえにフレイムの第三王子パヤートとの縁談が持ち上がり、すぐにまとまったが、両国の王がともに病に倒れたので、挙式は先延ばしになっていた。

「破談だな。ビーナ姉さんは豊かで華やかなフレイムに行くのを楽しみにしているみたいだけど」

ライルは意地悪く笑う。勝ち気で派手好きのビーナとは相性が悪く、会えばいつも言い争いをしているので、すこし小気味よかった。

「ビーナの縁談も幸いだ。フレイム王家と姻戚関係になれば、ディアス様がロードス本島を統一した後、マーモ王家の立場がすこしはましになるからな」

「フレイムが勝つと決まったわけじゃないだろ？」

「決まっているも同然だ。フレイムの国力と軍事力は、今や他国をすべて合わせたより優《まさ》っている。我が国がカノンの背後をつけば、勝利はさらに確実になる。マーモ王国を存続させるには、フレイムに味方するよりない」

ザイードがすらすらと言った。

「誓約の宝冠の魔力が発動されるんだろ？　ヴァリス、モス、カノン、アラニアの四国は連合するはずだ。いくらフレイムが強くたって……」

「連合の結束が強固ならな」

ザイードが両手をかたく組み、ライルのほうに突きだしてきた。

「違うとでも？」

「わたしはそう考える。四国の状況はそれぞれ異なる。ひとつにまとまることはない」

ザイードが組んだ両手を離し、掌《てのひら》をひらひらさせた。

「侵略されようとしてるのに？」

「英雄戦争のおり、暗黒皇帝ベルドの侵略に対し、ロードスの諸国が結束したか？　魔神や邪神といった人類共通の敵相手ですら、共闘の態勢はなかなか取れなかった」

「だけど、最後にはロードスはひとつになった。そして勝ったじゃないか？」

「フレイムによって、ロードスが統一されれば、それを勝利という者もいるだろう」

「でも、それは正義じゃない！」

ライルは声に力をこめた。

「正義というのは、自分の考えや行動を正当化するための呪文《じゅもん》のようなものだ」

ザイードが冷ややかに言う。

「そんなことはない！　安易に口にしちゃいけない言葉だとは思う。けど、正義はある。そして平和の盟約を破ったフレイム王ディアスには絶対にない。英雄戦争を起こした暗黒皇帝ベルドと同じだろ？」

ライルはむきになって言い返した。

「正義かどうかは議論しても無意味だな。戦争は避けられない。そして我が国はそれに対処しなければならない」

アルシャーがふたりの弟を諭すように口をはさむ。

「アルシャー兄さんの意見はどうなんだよ？」

ライルは次兄を振り返って問いただした。

「迷っている……」

アルシャーが苦笑する。

「だから、おまえたちを呼んだ。兄上や姉上にも相談したが、わたしが決めることだと言われたよ」

「そりゃあ、アルシャー兄さんがもう国王だからだろ。境界の森の離宮を離れたくないのはわかるけど」

ライルはにやにやと笑う。

この兄は父が亡くなるまで境界の森にあるマーモ王家の離宮で暮らしていた。離宮の主《あるじ》は〝建国王の友人〟と称されるハーフエルフのリーフであり、光の森のエルフと闇の森のダークエルフが〝渡し守〟として常駐している。そのせいか、アルシャーはエルフの暮らしに親しんでいた。子供の頃はリーフと結婚すると言っていたらしい。

「わたしがまだ即位していないのは、兄上に翻意してもらいたいからだ」

アルシャーがため息をついた。

「クリード兄さんは、無理だろ……」

長兄のクリードは第一王子であり皇太子でもあったが、父が亡くなってすぐ皇太子の地位を返上した。そして王城を出奔し、こともあろうか暗黒神ファラリスの神殿で神官となってしまったのである。

「ファラリス信仰が認められているのはこの国だけだ。ロードス本島の国々が認めるはずがない。そもそも、クリード兄さんには向いていないよ」

長兄は昔から自由人だった。なにを考えているかまるでわからないし、放浪癖があり王城で姿を見ることすら稀《まれ》である。あの兄が王になるとは、考えたこともない。

ファラリスの信者であることを公にしたときには、驚きより納得感のほうが強かった。

「皇太子が即位するのが、この国の決まりだ」

アルシャーが毎日のようにファラリス神殿へと通い、長兄を説得しているのは知っている。だが、ファラリスの信者である長兄が、それを聞き入れるはずがない。自由であること、自分の欲することを為《な》すというのが教義なのだ。

「王位継承者にふさわしくない人物は継承権を剝奪《はくだつ》されるというのも、この国の決まりですよ……」

ザイードがアルシャーに指摘する。

「とはいえ、兄上が即位をしていなかったことは、わたしには天啓だと思えます。兄上が誓約の宝冠を戴いていたら、こんな議論など必要なく、連合に味方するしかないのですから」

「どの神の天啓だよ……」

ライルは吐き捨てるように言った。

「どの神でもいい。すべての物事には流れというものがある。それに乗れば成功は容易《たやす》く、逆らえば苦難が待ち受ける」

「流れなんか変えればいい。そうじゃなかったら、この国なんてなかっただろ？」

「……それはそうだな」

ライルの言葉に、ザイードが一瞬考えてからうなずく。

マーモ王国の歴史はまさに苦難の連続だ。成立から今日まで平穏であったことはない。運命に抗《あらが》い、切り開いてきたからこそ存続してきた。ザイードは兄弟のなかで、いちばん学問に秀でているから、そのことはよくわかっているだろう。

「わたしとて、ディアス殿下の野心を快く思っているわけではない。平和がどれだけ尊いか、平和な国に住んでいるとわからなくなるのだろうな。あるいは生まれつき、乱世を求める性格なのか……」

ザイードが自問するようにつぶやくと、しばし考えに沈んだ。そして、ぽつりと続けた。

「わたしがフレイムに味方するよう進言したのは、なにを守りたいか考えてのことだ」

「おまえは、なにを守りたい？」

アルシャーが身を乗り出して訊ねる。

「この島の統治体制です」

ザイードが静かに答えた。

「なるほどな」

アルシャーが深くうなずく。

「普通じゃないか？」

ライルは拍子抜けした気分になった。もったいぶって言うまでもない。

「ザイードが守りたいのは体制のほうで、誰が統治するかではない。我々、王族は滅んでもいいということだ」

アルシャーがライルを諭すように言う。

「だったら、そう言ってくれよ！」

「それぐらい悟れ」

ザイードが冷笑した。

「兄さんがそんなだから、オレまで言葉足らずになるんだ！」

街中でノーラに言ったことを思い出し、ライルは文句を言う。

「なんのことだ？」

ザイードが怪訝《けげん》そうな顔になる。

「なんでもない！」

説明する気にはなれず、ライルは首を横に振った。

「たとえフレイムに協力しても、この国の独立は保てないと、ザイードは思っているのだな？」

アルシャーが訊《たず》ねると、ザイードは厳しい表情でうなずいた。

「野心的な人物とは、そういうものです。マーモはフレイムの属領にもどされ、我ら王族がどう処遇されるかはわかりません。ですが、マーモの今の体制は、ある意味、奇跡だと思っています。大賢者スレインが考案し、建国王スパークとその王妃ニースが築きあげ、そして歴代の王とこの暗黒の島の住人らが守り続けてきました。この国では光と闇が共存し、問題はありつつも安定しています。皮肉にも遠祖でもある大賢者スレインが伴侶《はんりょ》たる聖女レイリアとともに消滅させた〝灰色の魔女〟の理念が、この国では具現化されているわけです」

ザイードは恭しく言う。この次兄を、すでに国王だと認めているからだ。

灰色の魔女ことカーラについては、パーンの伝説のなかで頻繁に登場するので、ライルも知っている。

カーラは古代王国の女性魔術師であり、サークレットに自らの意思を封じた。ロードスを長く呪縛した邪悪な存在とされている。彼女の目的は世界の均衡を動的に保つこと。その理念は危険であるとされ、禁忌とされているが、マーモの現状はまさにその通りだった。

「おまえの考えは、王弟となるパヤート様をマーモ公として迎え、我が一族は臣下の立場でこの国の体制を維持するというところか？　妥当な落としどころだな」

アルシャーがひとりごとのようにつぶやいた。もしかしたら、ライルに理解させるため言葉にしたのかもしれない。

（なんで、そこまで察せるんだよ！）

ライルは焦りを覚えた。学問や経験が足りないだけならいい。だが、知恵が足りないのだとしたら大問題だ。

ザイードはなにも答えず、表情も動かさない。国王に対し、口にすべきことではないからだろう。

兄たちは完全に通じあっているように見えた。

（使い捨てにされるとわかったうえでフレイムに協力し、本当の目的は果たすってことか？）

ライルは必死に頭を働かせ、兄たちが共有した考えを理解しようと試みる。

（ザイード兄さんらしいな）

あらゆる遊戯で、ライルはこの兄に勝ったことがない。あるとき腹立ちまぎれにその理由を訊ねると、「おまえは楽しもうとして遊戯をしている。だが、オレは勝とうとしているからな」との答が返ってきたことがあった。

ライルとしては勝利を目指していたつもりだったし、負けっぱなしでまったく楽しくなかったのだが、この兄にはそう見えるのだろう。

「オレが守りたいのは正義だ……」

ライルはうなだれながら言った。父に叱られたときのように、膝《ひざ》のうえでぎゅっと拳《こぶし》を握りしめる。

「ディアス王のフレイムがロードスを統一したとして、百年も経てばきっとロードス統一の英雄と讃《たた》えられるんだろう。だけど、この時代の人間にとっては、ただの征服者だ。戦になれば大勢の人が命を落とすし、もっと大勢の人が不幸になる。それが、たったひとりの男の野心のせいなんだ。もしも今、ロードスの騎士パーンが生きていたとしたら、ディアス王と戦う道を選んだと思う」

兄たちが自分を見ているのがわかる。おそらく何を言っているのかと呆《あき》れているだろうが、これだけは言っておかないと一生後悔する気がした。

「ロードスの騎士が伝説の通りの人物なら、そうだろうな……」

ザイードが同意する。

意外だったので、顔をあげると、兄は笑っていた。アルシャーもうなずいている。

「ディアス王に異を唱え、戦うという選択はたしかに正義だよ」

ザイードがそう言って、アルシャーに向き直る。

ライルも次兄を注視した。まずは王であるこの兄がどう決断するかだ。そのうえで自分がなにをするか決めればいい。

アルシャーは目を閉じると、長時間沈黙する。

そして、大きくひとつうなずいてから目を開いた。

「わたしは誓約の宝冠を戴《いただ》こうと思う」

アルシャーはライルとザイードを交互に見回しながら静かに言った。

ライルとザイードは思わず顔を見合わせる。

「異は唱えません。ですが、理由をお聞かせください」

　ザイードがアルシャーに訊ねた。

「わたしなりになにを守りたいか考えたからだよ……」

　アルシャーが清々したような表情で答える。

　次兄は決断するのに時間がかかるが、いったん下せばそれが揺らぐことはない。

「ザイードはこの国の体制を、ライルは正義を守りたいと言った。わたしが守りたいのはこの国の法だ。この国では光や闇、正義や悪に関係なく、法に反するかどうかだけが問題とされる。法は時代が経るにつれ変わるものだが、法を守るという精神はこの国の領主と領民が変わらず守り続けてきた。もし、マーモ国王となったわたしが、盟約を破ったディアス殿下に味方すれば、それを否定することになる。国王となるからには、それは選べない」

「この国が滅びたら、法も消滅しますが？」

　ザイードが言った。反論しているのではなく、確かめているのだろう。

「そのときは建国以来の精神とともに滅ぶだけだよ……」

　アルシャーが穏やかに笑う。

「ただ、ザイードが指摘したとおり、この国が治まっているのは奇跡のようなものだ。新しい統治者は、マーモ王国の法と体制を復活させるしかないはずだ。そうでなければベルドの帝国以前の無秩序にもどることだろう」

「たとえ戦に敗れ、いっとき占領されたとしても、山野に逃げこんで、再興の機会を待てばいいってことだな。まあ、この国の現実を知ったら、他所者《よそ》はすぐ逃げだすさ」

ライルは勢いこんで言った。アルシャーがフレイムと戦うことを選んでくれたのが、単純に嬉《うれ》しい。

「それは、おまえの役割になるかもしれないな。王国が滅んだ時点で、わたしは生きてはいないだろう」

「だったら、勝てばいいんだよ！」

「そうだな、戦いを選んだからには、勝つしかない……」

ザイードが厳しい表情で言った。

「だが、わたしは兄上とは異なる道を歩もうと思う」

「どういうことだよ？」

ライルはひどく驚いた。

「これから、わたしは国王に対し反乱を企てるということだ」

「反乱だって！」

ライルは椅子を蹴《け》って立ち上がる。

「しかし、それが露見し、わたしはビーナとともにフレイムに亡命する。ディアス殿下がわたしたちをどう遇するかはわからないが、わたしはわたしなりにわたしが守るべきものを守ろうと思う」

ザイードが静かに続けた。

「つまり、オレたちの敵になるってこと？」

「そうなるな」

「嘘だろ？」

ライルはザイードを呆然《ぼうぜん》と見つめる。

酷《ひど》い目に遭わされることも多いが、兄たちのなかではザイードがいちばんライルの面倒を見てくれた。遊びや遠乗りに付き合ってくれるし、疑問に思ったことはなんでも答えてくれる。ひとつでもいいから、この兄に勝ちたいというのが、ライルの目標だった。

「できれば、ディアス様を翻意させてくれないかな？」

アルシャーがザイードに笑顔を向ける。まるでその言葉を予想していたかのようだ。

「努力しましょう」

ザイードが神妙にうなずく。

兄たちはあえて道を違《たが》え、それぞれが目的を目指すと決めたのだろう。

（どちらが、大変なんだろう？）

ライルはぼんやりと思った。

「オレは知恵も力もまだ兄さんには及ばない。だけど、できることならなんでもする」

ライルはアルシャーを見ながら言う。

「ならば、おまえにやってほしいことがある」

しかし、そう声をかけてきたのはザイードのほうだった。

「ザイード兄さんは、もう敵だろ？」

ライルはすねたように言う。顔を向けることさえしなかった。

「今はまだ味方だ。そして、マーモ王国に勝ってほしいと願っている。もちろん、ディアス殿下がわたしを登用してくれれば、たとえ兄上やおまえが相手でも全力で戦うつもりだが」

「まあ、聞くよ」

ライルは渋々兄に向き直る。

「永遠の乙女を捜しだしてくれないか？」

ザイードが身を乗り出しながら言った。

「ディードリットを？　どうして？」

ザイードの意図がわからず、ライルは目をしばたたかせる。

「戦乱の時代がふたたび訪れしとき、ロードスの騎士はかならず現れると伝説に謳《うた》われているだろう？」

「もちろん、知っているさ」

ロードスの騎士についてなら、この博学の兄よりくわしいつもりだ。

「永遠の乙女を味方につければ、それはロードスの騎士が立ち上がったも同然だろう？　おまえが言ったとおり、正義がこちらにあると示せる。連合諸国の士気は高まり、フレイムの騎士、兵士はこの戦いに疑問を抱く。なによりロードスの騎士の伝説を知る民衆が立ち上がってくれるかもしれない」

「なるほど……」

ライルは素直に感心する。

「でも、伝説に頼るなんて兄さんらしくないな」

この兄がロードスの騎士を評価してくれているのは嬉しいが、同時にそれが悔しくも思え、つい意地悪く続けた。

「利用できるものはなんでも利用する。それがわたしのやり方だ。それに正直に言えば、他に策が思いつかないしな」

ザイードが自虐的に言い、椅子に座り直す。

「……いや、悪くない案だ」

ふたりの会話を聞いていたアルシャーがしばらく考えてから言った。

「伝説にどれだけの力があるかわからないが、やってみて損はない。ちょうど、ライルには使者として連合の諸国を回ってもらうつもりだからな」

その役目は、本来はザイードが果たすべきものだろう。だが、彼が袂《たもと》を分かつと決めたので、ライルがやるしかないのだ。

「わかった、すぐにでもカノンへ向かうよ」

ライルは気を引き締めた。身体がぶるっと震える。

カノンの北に広がる帰らずの森の奥深くで、永遠の乙女と末永く幸せに暮らしたというのが、ロードスの騎士の伝説の結びだった。

(ディードリットは、きっと今もそこにいる)

4

「永遠の乙女を捜しにゆく?」

第二王女イリサがライルを見つめながら、やや太めの眉《まゆ》をひそめた。

女性にしては長身で、ライルより高い。武術に秀で、女性ながら騎士の叙勲を受けている。国王の身辺警護を担当する近衛《このえ》騎士〝黒竜隊〟の隊長でもあった。王女ゆえの抜擢《ばってき》ではあるが、配下の騎士から崇拝に近い信頼を受けていると聞く。今は非番で自室にいるが、漆黒の鱗鎧《スケイルメイル》は身に着けたままだ。

兜《かぶと》をつけたときの邪魔にならないよう褐色の髪を短く刈り、化粧はいっさいしていない。だが、この姉が男と間違えられたことはない。

「フレイムに勝つためだよ」

ライルは誇らしげに答えた。

兄たちと話したあと、すぐに玉座の間に近いこの部屋にやってきたのだ。

会話の詳細は、すでに姉には伝えている。

大戦がはじまることには、姉はさほど驚かなかった。半年ほど前、父に同行してフレイムに行ったおり、そのような空気を感じたらしい。強大になったフレイムは、貴族ばかりではなく住民すら、それを鼻にかける者がすくなくなかったそうだ。その驕《おご》りが新王の野心を育《はぐく》んだのだろうと、彼女は言った。

「まあ、ザイードの考えなら、無駄ではないのだろう」

イリサはひとりごとのようにつぶやくと、ライルにしばらく待つように告げる。

そしていったん別室に行き、やや細身の長剣を手にしてもどってきた。

「それは？」

「わたしが騎士になりたての頃に使っていたものだ。ドワーフ製で、刀身は真銀《ミスリル》。魔力こそないが軽くて丈夫だ」

そう説明しながら、イリサはライルに長剣を差し出す。革製の鞘《さや》には精緻《せいち》な模様が刻印されている。柄《つか》の装飾も見事なものだった。

「くれるの？」

ライルは剣を受け取り、姉を見つめる。

イリサは笑顔でうなずく。

「長剣の戦い方は覚えてるな？　本当はライルがもっと成長してから、もうすこし重い剣を渡すつもりだったが、今のおまえにはこちらのほうがいいだろう。与えられた任務にも適しているはずだ」

ライルはおもにこの姉に剣術を教えてもらっていた。

力では男に勝てないので、彼女は俊敏さを活《い》かした戦いを得意としている。ライルもまだ成長しきっていないので、鎧《よろい》は着けず軽めの武器を扱っており、父が適任だと判断したのだ。

ライルの成長が止まったら、甲冑を身に着け、重い武器を振るう騎士の戦いを教えてもらうはずだった。

（まさか、そのまえに戦が始まるなんてな）

ライルはイリサから贈られた長剣を見つめながら思う。

「王子！」

そのとき扉が開き、男がひとり姿を現した。

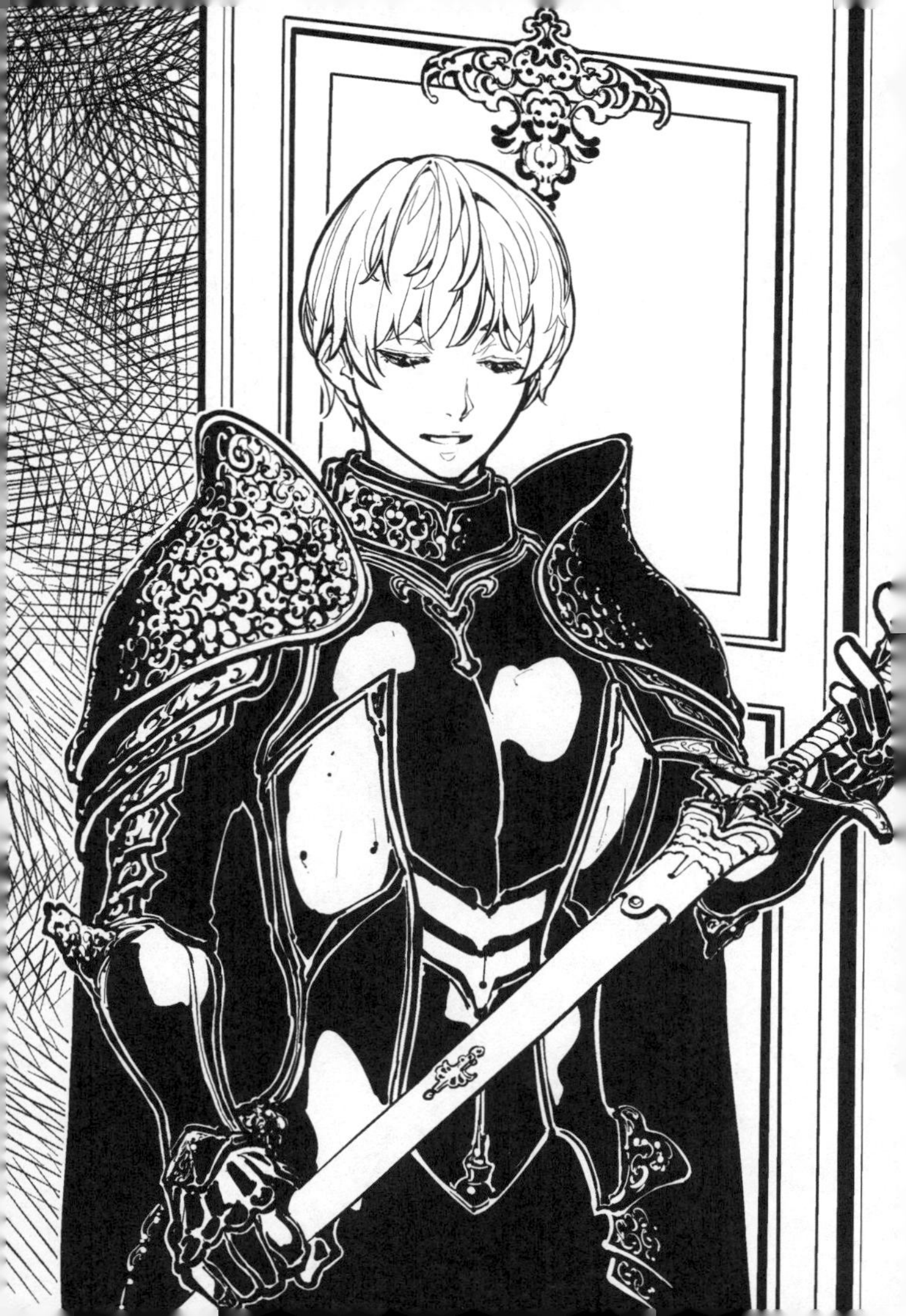

イリサの夫ハレックである。中背で幅広の体格に、鎖鎧《チエインメイル》を身に着けていた。灰色まじりの金髪は短く刈り、角張った顔には輪郭に沿うように髭《ひげ》を蓄えている。剝《む》きだしの腕には、何条もの傷が走っていた。

大陸から渡来した傭兵《ようへい》で、あらゆる武術の達人である。フレイムで細々と武術を教えていたのを父が見つけ、王家の師範としてマーモに迎えたのである。兄、姉たちは、彼から武術を学んでいた。ライルの稽古《けいこ》のときも、姉とともに見てくれている。

親子ほど年が離れているが、姉のほうが結婚を強く願ったらしい。ハレックは年齢や身分の違いなどで固辞したが、結局は姉に押し切られた。

マーモの王家は恋愛に関しては比較的自由なのである。ただし、イリサは王位継承権を返上していた。

「なにか、大変なことが起きている様子ですな」

ハレックが声をかけてきた。

フレイムの密使が来ていることは、王宮内でもわずかな者しか知らない。だが、この武術の師範には、なにか感じるところがあったのだろう。

「いずれ、噂が広まるでしょうが……」

ライルはそう前置きしてから、フレイムの新王が誓約の宝冠を戴《いただ》かなかったことを伝えた。

「そうでしたか……」

ハレックが厳しい表情でうなずく。

「フレイムにいたおり、遠目で見たことがありますが、離れていてもディアス殿からは強い覇気を感じました。それが野心となって出たのは残念です」

「傲慢《ごうまん》なんだよ」

ライルは吐き捨てるように言う。

「わたしは大陸で、王子ぐらいの年齢から戦ってきました。戦場に長くいると、身体も傷つきますが、それ以上に心が傷つきます。ロードスは平和の島との噂を聞いて渡ってきたのですが、わたしが戦雲を運んできたのかもしれませんね」

ハレックは古傷に視線を落としながら、無念そうな表情を浮かべた。

「子供が欲しいと思っていましたが、そうもゆかなくなりましたね」

イリサが真顔で夫に声をかける。

「な、なにを言い出す」

滅多なことでは動じないハレックがわかりやすく狼狽《ろうばい》した。

（まったくだよ）

ライルは居心地の悪さを覚える。

兄弟、姉妹のなかで結婚しているのは、今のところこの姉だけだ。

最年長の異母姉ローザは王城の地下にある大地母神マーファ神殿の司祭となっており、生涯を信仰に捧《ささ》げると宣言している。長兄クリードは女性からの人気は高いが、自由人だけに結婚する気はまるでない。アルシャーはまだ相手を選んでおらず、ザイードとビーナは縁談が進みつつある状況だが、どうなるかはわからない。

ライル自身には、恋愛がどういうものかすら、まだよくわからなかった。年齢なりの欲望はあるが、相手についてては想像もできない。

頭をかるく振って気持ちを切り替えてから、ライルはイリサに向き直る。

「実は、姉上に伝えたいことがあってきました……」

ライルは口調を改めて言った。

「なんでしょう?」

イリサも玉座の傍らに控えるときのように姿勢を正す。

「アルシャー王より、近衛騎士を率いて謀反人ザイードを捕らえよとの命令です」

ライルは声にできるかぎりの威厳をこめた。

「……承知いたしました」

ひと呼吸あってから、イリサが恭しく一礼する。

姉に返礼してから、ライルは大きく息をつく。

王子ゆえ宮廷儀礼は習っているが、あまり得意ではないのだ。

「それも、ザイードの策なのか？」

イリサが口調をもどし、怪訝《けげん》そうに訊《たず》ねてくる。

「もちろんだよ……」

アルシャーの部屋を出るときに、ザイードからついでのように言われたのである。

「フレイムの密使やマーモの民に、自分の謀反を信じさせるためらしい。正直、やりすぎって思うけど」

ライルは顔をしかめた。

「配下の騎士には事情を伝えないのだな？　彼らは王命とあれば、全力で任務を果たそうとするが？」

「伝えてもらっては困ると、ザイード兄さんは言っていた。近衛騎士たちから自分の謀反の噂が広まるのを期待しているんだ」

「まあ、あのザイードが万が一にも逃げ損なうはずがないか……」

イリサがつぶやく。

「うっかり捕まるようなら、しばらく牢屋《ろうや》で反省させればいいさ。ザイード兄さんがしょげているところも、一度ぐらいは見てみたいから」

ライルはなかば本気で言った。

できることならば、ザイードにはいつまでもマーモに留《とど》まってほしいのだ。

5

大地母神マーファの神殿は、王城ウィンドレストの地下深くにある。

かつては城内に出入り口があったが、それはすでに封鎖され、今では王城近くに建てられた礼拝所から出入りが行われる。

巨大な空洞を支えるように白亜の柱が無数に並び、その奥に空洞を塞《ふさ》ぐ壁のように神殿は建てられていた。

その建物のさらに奥には、破壊の女神カーディスが石化した姿とされる巨大な神像が、なかば地面に埋もれるように横たわっている。

その側にはかつて〝終末の門〟もあった。その門が開かれたとき、終末の巨人が誕生し、世界は終焉《しゅうえん》する。そしてその門は現実に開いた。

だが、巨人が誕生する直前に、マーモ建国王の王妃ニースが破壊の女神の魂を、その身に降臨させ、終末の門を消滅させたのである。その真実を知る者は、今ではほとんどいない。あまりにも恐ろしい事実ゆえ、隠匿されたからだ。

このマーファ神殿は、破壊の女神の邪悪な聖地を浄化するという名目で建てられている。

だが、破壊の女神の邪悪な意思は今もこの地下に満ちていた。それをなんとか封じているのが現状であった。

マーファ神殿の司祭の名は、ローザという。マーモ王国の第一王女である。幼くしてマーファの信仰に目覚め、少女時代からこの神殿で修行を行ってきた。

その容姿は、マーモ建国王の王妃ニースの若い頃に生き写しだという。そして、ある事情からも彼女はニースの生まれ変わりと噂されていた。

「姉上……」

そう声をかけられ、ローザが振り返ると、黒の長衣に身を包んだ男が立っていた。胸のところには暗黒神ファラリスの紋章が金糸で刺繍《ししゅう》されている。

黒い巻き毛を肩まで伸ばし、落ちた前髪が右目を隠していた。

三つ下の異母弟クリードである。

「ファラリスの神官が、何用ですか？」

ローザは弟に微笑みかけた。

「姉上にお会いしたかっただけですよ。その思いに忠実に従うことにしました」

クリードはローザの前で片膝《ひざ》を落とすと、手を取り、口づけをする。まるで臣下のような態度であった。

「戦がはじまるようですね……」

ローザは弟を立ち上がらせてから言った。

昨日、アルシャーから事情を知らされ、どうすればいいか相談を受けている。この弟のところへも行ったことだろう。

「弟、妹たちは、すでに動きはじめたようです」

クリードが表情ひとつ変えずに言う。

「ええ……」

ローザはうなずいた。

「アルシャーは王になる決意をし、明日にも簡略な戴冠式を行うようです。ザイードとビーナはマーモを離れ、今はフレイムに向かっています。イリサは近衛《このえ》騎士隊長として、アルシャーを支えるでしょう。そしてライルもすでに王都を発《た》ちました。近々、カノンへ渡るとのことです」

「頼もしいかぎりだ」

クリードが満足そうにうなずく。

「不安ではありますが……」

弟、妹たちが、これからどのような運命をたどるのか、そしてロードスの行く末がどうなるか、ローザにも予想はつかない。

「姉上も動かれるのではありませんか？」

クリードがそう言って、ローザの目を覗《のぞ》きこむように見つめてくる。訊ねているのではなく、確かめているかのようだ。

「ターバのマーファ大神殿に向かうつもりです……」

ローザは静かにうなずく。

ターバは千年王国アラニアの北部にある小さな街だ。

「自衛のための戦いは自然であるというのが、大地母神の教えのはず。ぜひ教団を動かしてください」

「それは最高司祭様がお決めになることです」

ローザは眉《まゆ》をひそめる。

「姉上がその気になれば、なんでもできそうに思えますが？　たとえば世界を救うことも、逆に世界を滅ぼすことすら」

クリードがそう言うと、カーディスの神像をちらりと振り返った。

「馬鹿なことを……」

ローザはため息をつく。

「姉上は曾祖母《そうそぼ》ニースの生まれ変わりとの噂なので、そんな気がしてならないのですよ」

クリードが笑う。

「わたしは曾祖母が亡くなった日に産まれたので、そう言われているだけです。容姿が似ているのは、子孫なのでしかたありません」

建国王の王妃ニースは長寿であった。九十歳まで生き、初めての曾孫《ひまご》であるローザが誕生する直前に亡くなっている。

「それより、あなたはどうするつもり？　なにを欲し、なにを為《な》そうというの？」

「わたしはこれまで通り、気の向くままです。ですので、姉上に同行させていただこうと思います」

「ターバの大神殿へ？」

「まだ行ったことがありませんので……」

皇太子であったにもかかわらず、この弟には放浪癖があった。交易船に乗り、ロードス各地を旅している。

先王アスランは薄々、彼の信仰には気づいていたのだろう。皇太子の地位を剝奪《はくだつ》こそしなかったが、王位を継がせるつもりはなかったようだ。

「ファラリスの信者に、なにを言っても無駄ですね」

ローザはため息をつく。

「忠実な従者と思ってください。愛する姉上のためなら、なんでもいたしますので」

6

マーモにはかつて闇の森だけが広がっていたという。

だが、百年前の先の大戦のおり、西側の三分の二ほどが焼失している。その焼け跡に、ロードス本島からエルフが移住し、光の森を育みはじめた。だが、闇の森も再生しはじめ、光と闇の森が入り混じる境界が生じる。

この地を巡り、過去にエルフとダークエルフのあいだで争いが起こった。それを鎮めるため、光と闇を司《つかさど》る二柱の森の精霊王の力を使い、迷いの魔法で閉ざしたのである。それ以降、この地は〝境界の森〟と呼ばれていた。

そして今、迷いの魔法を実行し、後にこの地に建てられた離宮の主となった女性がライルの目の前にいる。

名前をリーフという。

エルフと人間、双方の血を受け継ぐハーフエルフである。年齢は百歳を超えているが、外見はせいぜい二十歳ぐらいにしか見えない。

褐色の髪を肩まで伸ばしていた。かつては黒かったそうだが、徐々に色が薄くなったらしい。いずれ金髪になると、当人は主張している。先端が尖《とが》った長い耳は、エルフ族の特徴だったが、純粋なエルフに比べると、やはりすこし短い。目は大きく、端がややつりあがり、大山猫《リュンクス》を思わせる。瞳《ひとみ》は正面から見ると黒いが、角度によっては紫や緑がかって輝いているようにも見えた。袖《そで》も裾《すそ》も長いエルフ製のドレスを身に着け、踵《かかと》の高い靴を履いている。

ライルの曾祖父《そうそふ》スパークが存命の頃には〝国王の友人〟という称号を与えられていたという。曾祖父が崩御した後は〝境界の森の奥方〟と呼ばれている。どちらにおいても、歴代のマーモ王と対等に接することが許されていた。

「お帰り、ライル！」

リーフが軽やかな足取りで近づいてきて、ライルを力強く抱きしめてくる。

「ただいま！」

ライルは笑顔で応じ、彼女の華奢《きやしや》な身体に腕を回した。

「とうとう身長は抜かれちゃったなぁ。人間の子供は、すこし見ないと、すぐ育つから腹が立つ……」

リーフがライルから離れ、頭頂部に手を当ててくる。そして、ぶつぶつと続けた。

「あたしも昔に比べたら背も伸びたし、胸も育ったんだけどな。でも、まだまだ成長途上だから。ゼーネアには負けないし」

リーフが誰に向かって言ってるのかわからないし、彼女の言う昔が何年前かはもっとわからない。すくなくともライルが覚えている限りでは、彼女の外見はまったく変わっていないように見えた。

ライルは十二歳になるまで、この離宮で育てられている。ライルを産んだとき、母が体調を悪くしたので、この森に造設されている王立魔獣園に所属する魔獣使いの女性が乳母となってくれたのだ。母は半年後に他界しているので、実母の記憶はない。

迷いの魔法で閉ざされているため、境界の森にひとりで出入りできるのは、離宮の主であるリーフだけである。

それ以外の者は〝渡し守〟と呼ばれるエルフとダークエルフによるふたりひと組の案内人が必要となる。エルフはセルティスという男性、ダークエルフはミューニアという女性だ。そのふたりに離宮まで案内してもらった。今も部屋の外で待機してくれている。

ある意味、この境界の森はもっとも安全な場所なのだ。王家の血を守るため、王位継承者の何人かは、ここで育てられるのが慣例となっている。

兄弟のなかでは次兄のアルシャーとライルがこの離宮育ちだ。もちろん王都とは頻繁に行き来していたので、他の兄弟姉妹との関係が微妙ということはない。

「そっちの女の子は？」

ライルの背後で居心地悪そうにしているノーラを手招きしながら、リーフが訊《たず》ねてきた。

「よく女の子ってわかったね」

ライルは驚く。

「〝気〟を見ればね……」

ためらいながら近づいてきたノーラを、リーフは優しく抱きしめた。

ノーラは緊張して、身動《みじろ》ぎひとつできない。実は、人見知りなのだ。

「この子は盗賊？」

ノーラを離し、リーフがライルを振り返る。

「ギルドで密偵の訓練を受けさせてる。もう一人前だよ」

ライルはノーラの肩に手をかけながら言った。

一人前と言われたのが嬉しかったのか、ノーラは照れたように顔を赤らめる。

側にいてくれると便利なので、ライルは彼女を連れてゆくことにした。アグゾは自分もと訴えてきたが、ロードス本島にゴブリンを同行させるのは問題があるので、新王となった兄アルシャーに預けて、王城に残してきた。

「昨日、アルシャーの使いが来たけど、戦が始まるんだって？」

「フレイムの新王がロードス征服の野心を抱いたんだよ」

ライルは吐き捨てるように言う。

日が経つにつれ、フレイム王ディアスに対する怒りが高まってきている。

「また大勢死ぬのね……」

リーフがぽつりと言った。

「まあ、負けても世界が滅ぶとかじゃないだけましかな」

「だからといって、負けるわけにはゆかないだろ！」

ライルは言い返す。

「だから、オレはロードス本島へ渡り、永遠の乙女を捜すんだ」

「ディードリット姉様を？　捜して、どうするの？」

リーフの表情がわずかに強張《こわば》った。

「フレイムに異を唱えてもらうんだよ。ロードスの騎士が生きていたら、きっとそうしていたはずだから」

「まあ、あの人ならね……」

リーフはすぐうなずいた。

「だけど、あの人はもういないよ？」

「永遠の乙女が味方してくれるだけで十分さ。正義がどちらにあるか、あきらかになる」

「そうかもしれないけど……」

リーフは首を傾げる。

「フレイム王がロードスを統一しても、人々はそう困らないと思うな。この国だけは事情が違うけどね。ファラリスの信者や妖魔《ようま》らが、皆殺しにされるかもしれない」

「させるもんか……」

ライルは歯を食いしばった。

「マーモ王国は彼らを受け入れた。彼らも法には従っている。この国はそれでなんとかやってきた。ザイード兄さんが反逆者の汚名を背負ってまでフレイムに身を寄せたのは、たとえフレイムが勝利したとしても、マーモの現体制を守るためなんだ」

「あの子はいつも損な役割を選ぶのね……」

リーフが苦笑した。

「まあ、大変なのはアルシャーも、ライルも同じね。あなたたちの曾祖父スパークがこの国を築くため背負った苦難は凄《すさ》まじいものだった。それが代を重ねても続いている。せめてあなたたちの代は幸せになってほしいと願っていたのだけど」

リーフが哀しげに言い、ライルをもう一度、抱きしめた。

「このぐらいなんでもない。むしろ楽しみでならないよ。ロードス本島に渡るのは初めてだし、永遠の乙女にも会えるかもしれない。なによりフレイム王の野心を打ち砕いてやれる」

ライルはリーフを励ますように背中を叩《たた》く。

「この森に寄ったのは、挨拶《あいさつ》だけじゃなさそうね」

ライルから離れ、リーフが訊ねてきた。

「うん、これからすぐ魔獣園に向かう。ルードから船で渡るより、そのほうが早いから」

ライルは得意そうに言う。

「あなたに無茶をするなと言っても無理だものね。好きにやりなさい」

リーフはそう言うと、ライルの額にキスをした。

「あなたも、ライルを助けてあげてね」

そう続けて、ノーラの額にもキスをする。

「が、がんばります」

ノーラは必死に声を絞りだした。

7

リーフの部屋を出ると、渡し守のふたりセルティスとミューニアが立っていた。

彼らは百年前にエルフとダークエルフの争いのきっかけとなる騒動を起こしたらしい。その罰として、それぞれの族長からリーフに仕えるよう命じられたそうだ。

エルフとダークエルフの友好の象徴となることを期待されたが、残念ながらふたりは今も仲が悪い。ただし、役目には忠実だ。

「行くのか？」

セルティスが声をかけてくる。

「お願いします」

ライルは一礼した。

「戦がはじまるらしいな。エルフは中立だろうが、我々ダークエルフはロードス本島へも攻め入るつもりだぞ」

ミューニアがセルティスを横目で牽制《けんせい》しながら言う。

「中立なら、感謝してほしいぐらいだ。フレイム王がこの島の闇を払ってくれるのなら、味方したいほどだからな」

セルティスが冷ややかに返す。

「アルシャー兄さんは、ロードス本島へは騎士団だけを派遣するつもりだよ。ただ、もしもフレイム軍がマーモに上陸してきたら、闇の勢力にも戦ってもらうしかない。エルフ、ドワーフには、そのとき敵になってほしくないな」

ライルは渡し守のふたりを交互に見ながら言った。

セルティスとミューニアは一瞬視線をかわし、それぞれ無言でうなずく。

その後は会話すらなく、離宮の門を抜け、森へと踏み入った。

すぐにセルティスとミューニアは手を握る。そうしないと、彼らも迷いの魔法に呑《の》まれてしまうからだ。ふたりの内心はわからないが、表情を見るかぎり平然としている。

ライルもノーラの手を握った。ここでは一瞬目を逸《そ》らしただけでも、同行者とはぐれてしまうことがある。

不安なのだろう。ノーラは強く手を握りかえしてきた。境界の森の噂は、彼女も聞いているはずだ。その噂は人々がここに近づかないように、マーモ王国が流したものである。噂には様々な尾ひれがついて人々に広まっていた。

離宮から魔獣園はそう遠くないのだが、迷いの魔法のせいで、時間感覚が曖昧《あいまい》になる。同じ場所を延々巡っているという強迫観念を覚えるのだ。

大声をあげて、走りだしたくなる。だが、それをやっては確実に迷う。

緊張しているらしく、ノーラの手にはじっとりと汗が滲《にじ》んでいた。

どれだけ歩いたか、まるでわからない。だが、気がつくと、魔獣園の門が目の前にあった。両開きの鉄格子の門である。それを支える二本の石柱の先端には青白い魔法の明かりが灯《とも》っていた。

「眠れる魔獣を起こすことなかれ。ここは禁断の場所なり。贄《にえ》となりたくなければ疾《と》く去れ」

ライルは門に向かって声を発した。警告文を兼ねた合言葉である。

鉄格子の門が反応し、嫌な音を立てながら開く。

門からは石畳の道があり、その奥に真っ黒な建物が見えた。

王立魔獣園の中央塔である。そこから屋内通路が網目状に伸び、魔獣らの棲息《せいそく》場所へと続いていた。

アラニアから招聘《しょうへい》した魔獣使いエレーナによって創始された魔獣園だが、百年のあいだに拡充され、今では二十体近い幻獣と魔獣が、九人の魔獣使いによって管理されている。

魔獣園の存在自体は秘密ではないが、ここを訪れることができるのは、マーモ王国が許可した者だけだ。迷いの魔法で閉ざされ、光と闇の精霊力が入り混じるこの森は、危険な魔獣を飼育するのに最適の場所なのである。

同じ理由から、魔獣園の隣には王立薬草園が開設され、稀少《きしょう》な薬草や危険な薬草が栽培されている。

「わたしたちはここで待つ」

中央塔まで来たとき、ミューニアがそう声をかけてきた。

「帰りは大丈夫……」

ライルは首を横に振る。

「柵《さく》のなかには迷いの魔法はかかっていないし、ここを出るときは森のなかを通らないから」

「そうか」

ミューニアはあっさりうなずく。

「マーモの王子よ、次に会える日を楽しみにしている」

セルティスが言って、握手を求めてきた。

「ありがとう」

ライルは笑顔で握手を返す。

そしてふたりの渡し守は、ふたたび手を繋《つな》ぐと、迷いの森のなかへと消えていった。

去ってゆくふたりをしばらく見送ってから、ライルは中央塔の扉を開けた。

扉にかけられている警報の魔法が発動し、呼び鈴のような音ががらんがらんと鳴る。

ノーラが肩をびくりとさせた。

「マーモ王国第四王子ライル、入る！」

警報が鳴りやむのを待ってから、ライルは通路の奥に向かって大声をあげた。

その声は通路に反響しながら、奥へと吸い込まれてゆく。扉を開いたときには暗かったが、通路には警報と同調して魔法の明かりが点々と灯っていた。それが黒曜石の壁や床を照らしだしている。

しばらくすると、ばたばたという足音が聞こえ、通路の奥に人影が現れた。全力で走っているらしく、ぐんぐん近づいてくる。

若い娘だった。

「ライルぅ〜！」

娘が声をあげ、両手を大きく広げる。

「まったく……」

ライルは苦笑しながら足を踏ん張り、身構えた。

「ライルっ！」

そして娘がライルの胸に文字通り飛び込んでくる。それをしっかりと抱き留めた。

「ただいま、ヘリーデ姉さん」

「おかえり、ライル！」

嬉々《きき》とした返答とともに、ライルの頬に繰り返し唇が押しつけられる。

ヘリーデはライルの乳母である魔獣使いマーサの実子だ。年齢は彼女のほうが半年ほど上。生まれてすぐに母を亡くしたライルにとって、マーサは母親同然であり、ヘリーデは姉のようなものだ。幼かった頃は、本当の兄や姉との区別がつかず混乱した記憶がある。

ヘリーデは緩やかに波打つ金色の髪を馬の尻尾《しっぽ》のように頭の後ろでまとめ、背中のあたりまで垂らしていた。

青い瞳は朝日を浴びた湖面のように輝いていて、厚めの唇には艶《つや》やかな紅がひかれていた。若草色の長衣をまとい、素足に革製のサンダルを履いている。同い年とはとても思えない大人びた体型をしていて、豊かな胸が長衣を高く押しあげていた。

彼女は幼い頃から、母親に魔獣使いの秘術を習っている。まだ見習いだが、素質は高く、母親の助手として何体かの魔獣を支配していた。

「疲れたでしょ？　お風呂《ふろ》の用意をしておいたの。久しぶりに一緒に入ろ？　よければ、そっちの子も」

ヘリーデが舌を噛《か》みそうなほどの早口で言って、ノーラの手を強引にとって握手する。

彼女の勢いに圧倒されたのか、ノーラはぽかんと口を開けたままうなずく。

「まず落ち着こう……」

ライルは馬の手綱をひくような気持ちで、ヘリーデの両肩に手をかける。

そしてノーラを紹介した。

ノーラは身体を折るようにお辞儀をする。

「それと風呂は後でいい。すぐ、レッドに会いたいんだ」

「わかった……」

ヘリーデが残念そうにうなずく。

「昨日、王都からの使いが来て、すぐ目覚めさせておいたから」

「ありがとう、姉さん」

ライルは一礼した。

「感謝なんていい。お姉さんだもの、ライルのためならなんだってする。でも嬉《うれ》しい」

ヘリーデが興奮ぎみに言う。

弟のためならなんでもする姉が滅多にいないことは、本当の姉たちを見れば分かる。長姉ローザは優しいが、決して甘やかしてはくれなかった。次姉のイリサには武術しか教えてもらっていない。末の姉ビーナにいたってはライルのことを下僕のように扱《こ》き使う。

「早く行こう」

ヘリーデがなかなか動かないので、ライルは背中を押すように歩きはじめた。

ノーラがライルの背中に貼りつくように続く。

いくつも枝分かれしている屋内通路を進んでゆくと、やがて左手に硝子《ガラス》張りの大きな窓が見えた。硝子はドワーフ製で、驚くほど透明度が高い。

窓を覗《のぞ》くと、蜥蜴《とかげ》の足と尾を持つ巨大な雄鶏《おんどり》が寝藁《ねわら》のうえにうずくまっていた。

「ひっ！」

ノーラが短く悲鳴を漏らす。

「あいつはコカトリスだよ。嘴《くちばし》に石化の魔力がある……」

ライルはノーラに説明した。

離宮で暮らしていた頃、ここは遊び場だったので、魔獣についてはくわしいつもりだ。

「可愛いでしょ？　鶏冠《とさか》は赤くて立派だし、尻尾は長くて鱗《うろこ》は虹《にじ》色だし」

前を行くヘリーデが振り返って得意げに言う。

ノーラはうなずいたが、顔は強張《こわば》っている。

なおも通路を進むと、牛頭鬼《ミノタウロス》、合成魔獣《キマイラ》などが、硝子窓の向こうで眠っていた。

ノーラの顔から血の気がどんどん失《う》せてゆく。

数多くの魔獣が棲息しているマーモとはいえ、ウィンディスの街にいるかぎり、まず出会うことはない。

魔獣らは人間を警戒しており、人里近くには滅多に現れないからだ。しかし人間のほうがうっかり魔獣の棲息場所に近づくと、不幸な結果になる。

魔獣園では魔獣についての研究も行われているが、まだまだ分からないことだらけだという。それゆえ眠らせておくのが、いちばんなのだ。魔獣は餌を欲するが、まったく取らなくても死ぬことはない。

「さあ、着いたぞ」

ライルは呆然《ぼうぜん》としているノーラを振り返り、声をかけた。

我に返り、紙のようだった彼女の顔に血の気がもどる。

ここは森が切り拓《ひら》かれ、王城の中庭ほどもある広場になっていた。楕円《だえん》状に砂が敷かれ、中央には芝生が植えられている。

ここは〝馬場〟なのだ。

砂の上を一頭の半馬人《ケンタウロス》が楽しそうに駆けている。そしてもう一頭、馬に似た生き物が長衣姿の女性に手綱をひかれ、芝生の上で前脚を跳ねあげている。

鷲馬《ヒッポグリフ》であった。前半身は鷲、後半身は馬という姿の魔獣である。

鷲獅子《グリフォン》が雌馬に産ませるとの伝説があり、それを検証しようと魔獣園では捕獲したグリフォンを使い、交配を試みた。何度も失敗したが、十年前にようやく成功して、誕生したのである。この園で生まれた唯一の魔獣である。

「レッドビーク！」

ライルはそう叫び、指笛を鳴らす。

その音に反応し、ヒッポグリフが鷲の首を向けてきた。魔獣の手綱を引いていた女性も、同時に振り返る。

「マーサ母さん！」

ライルはその女性のもとに全力で駆け寄った。

そしてさっきのヘリーデのように飛びついてゆく。

「お久しぶりです、ライル王子」

マーサはライルをしっかり抱きかえしながら敬語で応じる。

彼女は実の子のように大事にしてくれているが、一線はしっかりと引いていた。亡くなった実の母に配慮しているのだと思う。彼女は母の親友で、その縁で乳母となってくれたのだ。

「レッドも元気だったか？」

ライルはマーサから離れ、ヒッポグリフを見上げる。

鷲の部分の羽毛は白く、嘴が赤い。それに因《ちな》んでこの下位古代語の名前をつけた。

この魔獣が産まれてすぐ、ライルは自分が飼うと言い張り、父や魔獣園の園長に認めてもらった。そしてマーサの監督のもと、ヘリーデと一緒に世話をしたのである。

野生のヒッポグリフを飼い慣らすのはかなり難しいそうだ。だが、幼獣から育てたので、レッドビークはライルによく懐いた。乗馬ができるようになると、同じ要領でこの魔獣にも乗れるようになった。実のところ、普通の馬より上手《うま》く操れる気がしている。

レッドビークにまたがって空を飛ぶのは、なによりも爽快《そうかい》だった。

「こいつを借りたいんだ」

ライルはヒッポグリフの首のあたりの羽毛を撫《な》でながら、マーサを振り返って言う。

「その子は、生まれたときからライル様のものですよ」

マーサが笑顔でうなずいた。

「ライルはその子に乗って、ロードス本島へ渡るのでしょ？　そして永遠の乙女ディードリットを捜す」

遅れてやってきたヘリーデが声をかけてくる。

「なぜ、それを？」

ライルは驚いた。

境界の森の奥方リーフでさえ、それは知らなかったのだ。

永遠の乙女の探索は、ライルに与えられた密命であり、限られた者にしか知らされていない。リーフには伝えたが、彼女はマーモ王国にとって最重要人物だ。

「王都から来た使者の人から聞き出したの」

ヘリーデがさらりと言う。ライルのことをいろいろ聞き出そうと、使者を質問攻めにする彼女の姿が目に浮かぶようだった。

「そうなんだよ……」

ライルはばつの悪さを覚えながらうなずく。

ふたりにはあまり心配をかけたくないので、ロードス本島へ渡ることは、黙っているつもりだった。

「わたしも一緒に行くね」

ヘリーデが笑顔で言う。

「ええっ？」

ライルはさらに驚いた。

「だって、レッドを人前に出すわけにはゆかないでしょ？　ライルがなにかしているあいだ、わたしがこの子の面倒を見てあげるから」

「いや、ロードスに渡ったら、すぐに帰すつもりだから」

レッドビークはかなり賢い。命令すれば、ひとりでこの森にもどる。

「ライルはアルシャー様の使者として、ロードス各地を回るんでしょ？　空を飛んだほうが早いし確実よ。向こうはこれから戦になるんだし」

どうやら、兄の使者はヘリーデの追及に、すべてを白状させられたようだ。

「そうだよ。だから危ないいんだ」

「大丈夫、危ないのは、ここの魔獣たちの世話で慣れてるもの」

「たしかに、そうだけど……」

魔法で支配し、眠らせているとはいえ、ひとつ間違えば深刻な事故が起こる。この百年のあいだに、魔獣園では何人かが命を落としていた。

「でも、戦の危なさは、魔獣たちとは違う。なにが起こるかわからない」

「だから、ついてゆくの。ライルの役に立ちたいから」

ヘリーデがそう言って、レッドビークの馬の胴を撫でた。

母親である雌馬が白馬だったからなのか、このヒッポグリフは前半身の羽毛だけでなく、後半身の体毛も白い。それだけに嘴の赤が際立っている。

「ライル王子、どうか娘も一緒に連れていってやってください」

マーサが微笑みながら言った。

「娘は、王子が危険な任務に赴くと知って、じっとしていられないのです。王子のことが心配で、ここの仕事も手に付かないでしょう。そのほうが危険です。娘には、わたしのグリフォンを預けました」

「あいつを魔獣園から出すの？」

雌馬にレッドビークを生ませたグリフォンである。魔獣園にいる魔獣のなかでは最強といっていい。

「園長の許可は得ました」

マーサがうなずく。

「わかったよ……」

ライルはため息をついた。

いろいろ考えたが、レッドビークがいれば、たしかにロードス全土を飛び回れる。ライルに与えられた使命を考えれば、間違いなく役に立つ。

それにヘリーデがいるのは心強い。彼女は魔獣使いであり、魔術師でもある。初級の魔術なら、自在に扱える。

（ロードスの騎士が初めて旅立ったときにも仲間がいたものな）

ライルは心のなかでつぶやいた。

そのなかには盗賊も、魔術師もいたのである。

（そして永遠の乙女ディードリットも……）

第二章　フレイムの進撃

RECORD OF LODOSS WAR

1

フレイム王国は、建国されて百二十年余りとなる。

六王国のなかではマーモ王国に次いで歴史が新しい。建国の英雄カシューはアレクラスト大陸から渡ってきた戦士であった。大陸最強と謳《うた》われ、〝剣匠〟とも呼ばれていたという。

カシューは当時、ふたつの部族に分かれて争っていた砂漠の民のうち、風の部族に迎えられ、対立する炎の部族と戦った。所有していた莫大《ばくだい》な財宝を惜しみなく風の部族に与え、強力な傭兵《ようへい》隊を組織している。そして自ら傭兵隊長となり、炎の部族の拠点であったオアシスの街へヴンを陥落させた。

風の部族はその恩義に報い、カシューを国王に戴《いただ》いた。炎を征服したゆえ国名はそれに因んだ古代語フレイムとし、王都は刃《やいば》に由来する古代語ブレードとしている。

王城アークロードは当初、王都の中心部に建てられたが、小城であったこと、街中を流れる〝砂の川〟ザラウの水量が増えてきたこと、さらには西の脅威であった火竜シューティングスターが討伐されたことなどで、現在は市街地ともども西端の丘へと移されている。ロードス最大の国力を誇示するような巨大で壮麗な城塞《じょうさい》であった。

そのアークロードの玉座の間で、マーモ王国第三王子ザイードは華やかな刺繡《ししゅう》を施された赤い絨毯《じゅうたん》に片膝をついてかしこまっている。隣では、ふたつ下の妹である第三王女ビーナが神妙な表情で控えていた。

「つまりマーモ王国は、オレの要請を断ったということだな？」

玉座に悠然と座ったまま、フレイムの新王ディアスが声をかけてくる。

他人の心を見通すような鋭い眼光の持ち主だった。気力、体力ともに充実しているのがひと目で見て取れる。

広間には王弟にしてヒルト公に叙せられたパヤート、砂漠の部族の長《おさ》であるヘヴン侯ザハラフレイムの重鎮がずらりと並んでいた。

城下を通っているとき、色とりどりの外衣をまとった兵士らが行き交うのを、ザイードは見ている。まさに開戦前夜の雰囲気だった。

「新王となった兄アルシャーを説得しましたが、聞き入れられませんでした。このままでは国が滅ぶと思い、兄を討とうとしましたが、無念にもその企てが漏れ、妹ビーナとともにマーモを出奔してきたしだいです」

ザイードは無念の表情を浮かべながら言上する。

「事情はマーモに派遣した使者から聞いた。ザイード殿はマーモ王国の四王子のなかでも、もっとも優れた人物と評されていたそうだが？」

「お恥ずかしいかぎりです。少々、事を急ぎすぎたかもしれません」

ザイードは肩を落とす。

「それで、ザイード殿はなにを望まれる？」

「陛下のお力を借り、マーモ王になりたく存じます」

ザイードは顔をあげ、わずかに身を乗り出して答えた。

「ずいぶん虫のいい話に聞こえるが？」

「重々承知しております。ですが、わたくしには陛下のお力にすがるしかないのです……」

ザイードは床に額をこすりつけんばかりに頭を下げる。不思議なものを見るような視線を向けてくるビーナが視界の端に映った。

「次兄アルシャーは誓約の宝冠を戴きましたが、マーモ国内ではそれを不満に思う者が少なくありません。マーモはもともとフレイムの属領。マーモの貴族の多くは、砂漠の民の出身ですので」

ザイードはそう続けたあと、砂漠の部族の長ザハに救いを求める視線を向けた。

髪には布を巻き、痩《や》せた顔には深い皺《しわ》が刻まれていた。顎《あご》には山羊《やぎ》のような鬚《ひげ》を蓄え、横顔は三日月のように見える。砂漠の民の伝統衣装の上から、板金の胸甲を装備していた。

砂漠の民はかつて風の部族と炎の部族に分かれていたが、この百年のあいだに名目上ひとつに統一されている。マーモの砂漠の民は、その支族という扱いだ。

砂漠の部族は血縁を大事にする。マーモ王家は炎の部族の族長家の血筋であり、マーモの二代目国王の妃《きさき》は、風の部族の族長家の出身だ。ザイードの父である三代目マーモ国王アスランとザハ族長とは従兄弟《いとこ》の間柄である。

ザハ族長はザイードとビーナを温かく迎え、ふたりの立場が悪くならないよう国王に進言すると約束してくれていた。

「新王が誓約の宝冠を戴いたとはいえ、マーモ王国はフレイムから遠く、国も豊かとは言えません。連合に加わったとて、我が国のさしたる脅威とはならないでしょう。アラニアやヴァリスを征服すれば、アルシャー王は権威を失い、マーモの群臣はザイード殿を王と認めましょう」

約束どおり、ザハ族長はザイードを擁護する意見を述べる。

「かつて、マーモの暗黒皇帝ベルドはカノンを征服し、ヴァリスすら滅ぼすほどの勢いだった。マーモ王国にもそれだけの力がないと、なぜ言いきれる？」

ディアスがザハに視線を向け、問い返す。

「ザイード殿から情報を得ました。騎士の総数、軍船の数、いずれも我が軍の十分の一にも及びません」

ザハが得々と答えた。

ザイードが伝えたのは、マーモ騎士団と海軍の正確な総数である。

「遠征に動員できるのは、その半数ほどでしょう。そして慢性的な食料不足ゆえ、加勢先に補給を負担してもらわねば、長期の戦には耐えられません」

ザイードは補足するように言った。

それも正確な情報だ。できるかぎり、嘘は吐かないと決めている。どれかひとつでも露見したらなにも信用されなくなるからだ。

ザイードはフレイムの使者を反乱計画に巻き込み、マーモで起きたことはすべて彼の口から伝えさせている。使者は自らも命の危険にさらされたので、あの反乱が偽装とは思っていないはずだ。

事実、捕縛に来た近衛《このえ》騎士隊は本気だった。真相を知る姉イリサは後方で指揮を執っていたのか、騒動のさなか姿を見ていない。

「まあ、よかろう。マーモの騎士団が精強であろうと脆弱《ぜいじゃく》であろうと、戦場で見《まみ》えれば叩《たた》きつぶすまでだ。異論はなかろうな？」

ディアスがザイードに向き直り、冷ややかに訊《たず》ねてくる。

「ございません……」

ザイードは一瞬躊躇《ちゅうちょ》してから答えた。

「ですが、もしも、その戦場にわたくしが立つことをお許し願えるなら、兄に一騎打ちを挑み、討ち取ってみせましょう。さすれば、マーモの騎士団はただちに降伏するはず」

それを本心から望んでいるわけではない。だが、もし、そうなった場合には、兄と本気で戦うつもりだった。そして一騎打ちならば、まず負けない。

「ぜひ、そう願いたい。砂漠の民としては、二度と同族と争いたくないのでな」

ザハが笑顔でうなずく。

その瞬間、ディアス王が横目でちらりと族長を見た。

その様子に、ザイードは微妙な違和感を覚える。

(ディアス王はヘヴン侯を快く思っていないのかもしれない)

野心家の王にはよくあることだが、絶対的な支配者でありたいのだろう。砂漠の民はフレイムではすでに多数派ではないが、今でも有力貴族の多くを占めている。国王に対しての発言権も弱くないはずだ。

(これは慎重に立ち回らないとな)

ザイードは自分に言い聞かせる。

すぐにフレイム王の信頼を得られるとは思っていない。しばらくはザハ族長の庇護《ひご》を受けつつ、じっくりとこの国に入り込んでゆくつもりだ。

「ところで、ビーナ王女……」

ザハの言葉にはなんの返答もせず、ディアス王が唐突にビーナに声をかける。

「なんでございましょう、陛下？」

ビーナが微笑を浮かべ、華やかに一礼した。

彼女は勝ち気でわがままなところもあるが、社交的な性格でマーモの宮廷では誰からも愛されている。例外は、彼女から直接の被害を受けている弟のライルぐらいだ。

「王女はなにゆえフレイムに来られたのかな？」

「えっ？」

フレイム王の質問に虚を衝《つ》かれたらしく、ビーナが困惑の表情を浮かべる。

そしてザイードに視線を向けてきた。

「思ったとおりに」

ザイードは妹のほうは向かず、ディアス王にも聞こえる声で助言する。

ビーナはうなずくと、胸に手を当てて息を整えた。そしてもう一度笑みを浮かべる。

「実は事情をよく知らぬまま、拉致《らち》同然に兄に連れてこられました……」

ビーナが明るく言った。

その言葉に、何人かが笑い声を洩《も》らす。

だが、ディアスは表情ひとつ変えず、彼女を見つめつづけていた。

「ですが、兄には感謝しています。パヤート様との婚約が決まったときから、わたしの心は、ずっとここフレイムにありましたから」

ビーナはそう言うと、フレイムの王弟パヤートに情熱的な視線を向ける。

彼女がこの結婚を楽しみにしていたのは本当だ。優雅な容姿と穏やかな性格のパヤートには惹《ひ》かれているし、開放的で豊かなフレイムにも憧《あこが》れていたからである。

「なるほど……」

ディアスがゆっくりとうなずく。

その顔には、冷たい笑みが浮かんでいるように見えた。

ザイードの背筋がぞくりとなる。

「ビーナ王女は、舞の名手と聞いているが？」

「習ってはおります。ですが、姉のイリサには及びませんので、名手とまでは……」

ビーナが言葉を選んで答えた。

舞というのは、砂漠の部族の伝統舞踊である。刀剣を手にして踊る勇壮な舞だ。女だけでなく男も踊る。踊りには様々な意味がこめられ、昔は舞で求婚が行われ、舞で返答することもあったそうだ。

砂漠の民にとっては神聖なものだが、肌の露出の多い衣装を身に着けて踊るため、見世物として広まっている。踊り手のなかには客を取る者もいるから、下賤《げせん》な踊りと見られることもあった。

「イリサ王女の舞は、たしかに見事であった。見ている我々をことごとく斬り伏せるような迫力を感じたものだ」

ディアスが笑う。

姉イリサは今のビーナぐらいの年齢のとき、フレイムを初めて訪問している。そのとき舞を求められ、踊ったのだ。そのとき姉はなにかの意図を感じたらしい。それで周囲の人々に挑みかかるような激しい踊りを披露したのだという。

フレイムの人々は彼女の踊りを絶賛したが、あまりの迫力に、父がひそかに意図していた彼女の縁談はうまくゆかなかった。姉はその頃から武術師範のハレックに好意を抱いていたから、思い通りといったところだろう。

「ビーナ王女の舞も、ぜひ見たいものだ」

ディアスがそう言って、玉座の肘《ひじ》掛けに片肘をつき、顎に手をかける。

「今でしょうか？」

ビーナが戸惑いながら訊ねた。

「是非」

ディアスがうなずく。

「かしこまりました……」

ビーナは微笑を浮かべ、一礼した。

「それでは刀剣と衣装をお貸し願えないでしょうか？　着替えてまいります」

「剣はこれを……」

ディアスがそう言い、玉座の脇に控えていた小姓に合図する。

小姓は無言のまま、腰に下げていた小振りの曲刀を鞘《さや》ごとはずし、ビーナに手渡す。

「衣装のほうは？」

ビーナがフレイム王を見つめる。

「あいにく用意がない」

ディアスが表情ひとつ動かさず言った。

「えっ？」

ビーナが固まる。

彼女は今、宮廷用のドレス姿だ。

宮廷式の舞踏とは異なり、砂漠の民の舞は動きが大きく、身体の柔軟さも求められるから、今の衣装では不可能に近い。

（なにが狙いだ？）

ザイードには、フレイム王の意図が測りかねた。いくつか思いつくことはある。だが、どれも確証がない。

（ビーナにまかせるしかないな）

この妹は、その場の空気を的確に読み、要領よく立ち回るのが得意だ。

ビーナは覚悟を決めたように、曲刀を鞘に収めたまま、それを両手で捧《ささ》げるように持ち、ゆっくりと頭上に掲げてゆく。そして一気に刀身を引き抜くと、鞘を投げ捨てた。

投げた先にいるのは、パヤートである。

不安そうな表情をしていたフレイムの王弟は反射的にその鞘を摑《つか》んだ。気弱そうに見えるが、あきらかに武術を修めた動きである。

音楽すらないまま、ビーナは踊りはじめた。踊りながら、手にした刀で身にまとうドレスを切り裂いてゆく。自然な動作で、そういう踊りなのかと思えるほどだった。

そして身軽になるにつれ、彼女の動きは大きく激しくなってゆく。だが、姉イリサの舞とは異なり、ビーナの踊りにはどこかしら艶《つや》があった。酒場で踊れば、人気の踊り子になることだろう。

後半になり、踊りが佳境に入るにつれ、ビーナは邪魔な服をどんどん切り裂き、乱暴に剝《は》ぎ取っていった。今やほとんど下着姿だが、まるで気にも止めない。歓喜の表情すら浮かべ、踊ることを純粋に楽しんでいるように見えた。

（たいした胆力だ）

ザイードは舌を巻く。

そして、ビーナは見事に一曲を踊りきり、フレイム王に向かって恭しく一礼した。

ザイードは身に着けていたマントをはずすと、妹に視線を向けることなく、差し出す。

「ありがとうございます、兄上」

ビーナが肩で息をしながら、マントを身体に巻いた。

「見事であった……」

ディアスがゆっくりと拍手をする。

「だが、あのような姿で人前で平気で踊るとは、とても一国の王女とは思えぬな」

国王の発言に、広間がざわめいた。

その姿で踊ることを強いたのは、国王自身である。そのうえで辱めを与えているようにしか聞こえない。

（我らを侮辱することだけが目的だとしたら、こちらも覚悟を決めるしかないな）

ビーナはマントのなかに、まだ剣を持っている。返し忘れたわけではない。彼女もそのつもりなのだ。

「兄上！」

さすがに我慢できなかったのか、パヤートが一歩進みでる。

王弟はなにか言おうとしたが、ディアスに一瞥《いちべつ》され、口を閉ざした。

「マーモ王国は我がフレイムに敵対した。その王女をおまえの正妃と認めるわけにはゆかぬ。だが、流浪の踊り子を侍女とするも妾妃《しょうひ》とするも、それはおまえの自由だ」

ディアスは弟を見つめながら、淡々と言う。

（譲歩してやるということか……）

おそらく、フレイム王は弟とビーナの婚約を破棄させるつもりだったのだ。婚約したとはいえ、それは敵対する以前のこと。今の状況では政略的な価値はない。

正妃とは認めないが、好きなら勝手に一緒になれということだろう。

（そして、それはオレに対する返答でもあるのだろう）

マーモの王子であることは忘れ、自分の力で何者であるか示せということだと、ザイードは受け取ることにした。

（どうやら自信過剰なだけの男ではなさそうだ）

この王がロードスを征服しても、混乱は短期間で収まるだろう。ロードスがひとつになり、真の平和が今度こそ千年続くかもしれない。

仕える価値はあると思えた。

「ビーナ、剣を返し忘れているぞ」

ザイードは妹に声をかける。

「あっ！」

ビーナはあわてたふりをして、マントから剣を取り出し、ザイードに手渡す。

ザイードは妹から剣を受け取ると、切っ先を自分のほうに向けて持ち替えた。そしてディアスに向かって差し出し、深々と一礼する。

「すまぬが、持ってきてくれ」

ディアスが声をかけてきた。

「はっ！」

ザイードは剣を差し出したまま、姿勢を低くして玉座へと進む。

ディアスは剣を受け取ると、刃の具合を確かめるように表裏を見る。

「反乱は偽りであろう？」

ディアスが小声で言い、ザイードの首筋に刃を近づけた。

首を刎《は》ねようとしているようにも、騎士に叙勲しているようにも見える。おそらく両方の意図をこめているのだろう。

どちらにするかは、ザイードの返答で決めるということだ。

「わたくしは陛下に忠誠を尽くすと決め、この国に参りました。それが我が祖国のためにもなると信じております」

ザイードは顔をあげ、ディアスをまっすぐに見つめる。

「よかろう……」

ディアスがうなずく。そして剣を小姓に返した。

「大儀であった」

そして、フレイム王は広間全体に響く声で言う。

「はっ！」

ザイードは一礼して、元の位置まで下がった。

「さて、マーモ王国が敵と決まり、我がフレイムはロードスの他の五国すべてを相手に戦うこととなった。これより軍議をはじめよう……」

ディアスが群臣を見回して、厳かに宣言する。

「建国王カシューの悲願を、今こそ成就させるのだ！」

2

フレイム王ディアスとの謁見を終え、ザイードは妹ビーナとともに、フレイムの王城内に用意された客間にもどっていた。

玉座の間では、今まさにロードス統一のための軍議が行われている。

五国を相手に戦うというのに、フレイムの群臣らに不安は微塵《みじん》も感じられなかった。全員が征服戦争に賛成しているかはわからないが、自国の勝利は疑っていないのだろう。

(オレ自身、そうだからな)

フレイムが勝利することを前提として、今回の行動を起こしたのだ。

ザイードはひどく疲れを感じていた。長旅であったし、ディアス王が発する圧力を受けて消耗したのかもしれない。

長椅子に深く座り、右手で顔を覆っている。

そのとき、隣の部屋で着替えを終えた妹が帰ってくる気配がした。

「おまえには、すまないことをしたな……」

ザイードは顔を覆ったまま、ビーナに声をかけた。

「事情もろくに伝えぬままマーモから連れだし、フレイムに同行させたはいいが、婚約は形式上破棄されたうえに、人前で恥ずかしい真似をさせてしまった」

「驚いたけど、あたしは平気だから……」

ビーナの声は意外にも明るい。

ザイードは手をどけて妹を見た。

ビーナは弟ライルに対し、悪巧みをしているときのような表情を浮かべている。

「舞のときの正式な衣装だって、裸のようなものだしね」

妹が本当に平気そうに見えたので、ザイードは救われた気がした。

「ザハ族長が庇護《ひご》してくれるとはいえ、この国では、わたしたちは王子でもなければ、王女でもない。これからも見下されたり、辱められたりすることはあるかもしれない」

「それは覚悟していたけど……」

ビーナが平然とうなずく。

「あたしにとって気がかりなのは、パヤート様のお気持ちだけ」

「殿下に鞘《さや》を投げたのは、しっかり見てほしいという意図に感じたが？」

「ええ、その通り……」

ビーナが妖《あや》しく微笑んだ。

彼女は細身で、顔立ちや体型にはまだ幼さが残っている。だが、その立ち振る舞いや表情など、妙に艶《なま》めかしく感じられた。

「他人の目の前であんな格好をして、軽蔑《けいべつ》されるかもとすこし不安だった。だけど……」

ビーナはそう言うと、自分の腰の線を、なぞるように指をはわせた。

「そういう状況に欲望を感じる男の人もいるから」

ザイードとて男なので、妹がなにを言っているかは理解できる。だが、彼女がどこでそんな男の性を覚えたのか不思議だった。

「あたしは踊りながら、パヤート様に視線で問いかけていたの。あたしのことをどう思っているのか？　欲しくはないのか、って」

ビーナが恍惚《こうこつ》とした表情で言う。

生々しい話なので、言葉を返すのもはばかられた。

ビーナは踊りながら、王弟パヤートを誘惑していたということだろう。そして手応《てごた》えがあったと感じているようだ。

そのときである。

客室の扉を叩《たた》く音がした。

「どなたですか？」

ビーナが振り返って、扉の向こうに声をかける。

「パヤートです」

返事があった。

(まだ軍議の途中だろうに……)

ザイードは驚く。

「兄上、行ってきますね」

ビーナが声をかけてきた。

勝ち誇ったような笑みを浮かべている。まるで、彼の来訪を予期していたかのようだ。

ビーナが扉を開き、パヤートを出迎える。

ふたりは扉を挟んで、短く会話したあと、連れ立って出ていった。

扉が閉まり、ザイードは部屋にひとり残される。

（我が妹ながら、怖いものだな……）

だが、王国の後ろ盾のない今、ビーナにとって頼れるのは、自分の魅力だけなのだ。そして彼女はその使い方を十分心得ているらしい。

（ビーナを連れてきたのは正解だった）

パヤートの心を掴《つか》み、宮廷でもうまく立ち回るだろう。外交能力に関しては、自分などより遥《はる》かに上かもしれない。

（オレは焦らず、機を待つとしよう）

ザイードは長椅子に横になる。

そして襲いくる睡魔に抗《あらが》うことなく、そのまま眠りに落ちた。

3

「勇壮なものだ……」

ブレードの王城アークロードの中庭に、甲冑《かっちゅう》姿の騎士たちがずらりと並んでいるのを見ながら、ザイードはひそかに嘆息した。

騎士の数だけで五千を超えている。全軍では十万近い大軍となろう。

フレイム軍は七つの軍団に編成されている。

まず国王ディアスが自ら率いる第一軍。

王弟であるヒルト公パヤートが指揮する第二軍。

砂漠の民の長にしてオアシスの街ヘヴン侯ザハの第三軍。

ロードス中央部の城塞都市ローラン公クラートが率いる第四軍。

港湾都市ライデン侯レンスの第五軍。

開拓民の街ドリム伯ラルーサが指揮する第六軍。

これらに提督バロッカが率いる二百の軍船を擁する海軍が加わる。

この七軍団の他に、フレイム軍には傭兵隊《ようへいたい》が組織されていた。建国王カシューが〝傭兵王〟のふたつ名で呼ばれていたこともあり、フレイムでは傭兵隊がこの百年のあいだも維持されてきたのである。規模は千人ほどだが、様々な技能に長《た》けた精鋭部隊であった。

魔物の出現や自然災害時の治安維持、反乱などが起こると真っ先に出動してきたという。この百年で唯一実戦経験のある部隊といえた。

この傭兵隊に、ザイードは志願して入ったのである。ここなら出自は問われない。実力だけが求められるからだ。

当然、最前線に出ることになるが、危険を冒さねば武勲はあげられないし、武勲なくば発言力は得られない。大戦後にマーモの領主となれればよし、なれずともそれを補佐する立場となって、マーモ王国の統治を継承するのが、ザイードが目指している勝利だ。

そのとき、フレイムの騎士らが拳《こぶし》を突きあげ、歓声をあげる。

中庭を望むバルコニーにフレイム王ディアスが姿を現したのだ。鎧《よろい》姿である。比較的軽装に見えた。

（あれは、フレイムの建国王カシューが身に着けた鎧か？）

マーモの王城に飾られるカシューの肖像画で見覚えがある。

もともとディアス王の容姿には、かの英雄王の面影があった。髪型や髭《ひげ》など、あえて似せているのかもしれない。

騎士らは、王の名を連呼しはじめる。

ディアスは悠然と騎士らを見回してから、片手をあげて歓声に応えた。

それが合図であったように、騎士らは瞬時に静まる。

「百年前の六王会議のおり、ある出来事があった……」

そして、ディアスは片手を振り上げ、演説をはじめた。

「ひとりの老魔術師が〝誓約の宝冠〟なる魔法の宝物を持ち込んだのだ。それは六王が互いに敵意を抱くことがないよう、また六王の誰かひとりに敵対する者が現れたとき、他の王は同盟を強制されるというものだ。そして六王に、その宝冠を戴《いただ》くよう言ったのだ。平和を宣言した会議の席で、それを拒むことなどできるはずがない。我が祖カシューをはじめ、六王はそれを戴いた……」

ロードスの民ならば、誰もが知る史実である。千年の平和が約束された日として、各地で祝祭が行われていた。

「しかし、それは謀略であったのだ。誰が企《たくら》んだかは、今となってはわからぬ。ただ、誰を陥れるためであったかはあきらかであろう。誓約の宝冠はいずれ大国となる我がフレイムを束縛するために持ち込まれたのだ……」

ディアスが振り上げたままの手を握りしめる。

（そういう陰謀論もあるな……）

ザイードは心のなかで苦笑した。

（我が曾祖父《そうそふ》スパークは、誓約の宝冠を戴こうとしたカシュー王を思い留《とど》まらせようとしたそうだが）

ロードスの騎士パーンも反対したと伝えられている。他の四王はカシュー王の判断に委《ゆだ》ねたらしい。

「それから百年、このロードスに平和が続いたという。だが、平和とはなんだ？　戦がないことか？　わたしはそう思わぬ。この百年のあいだに、我がフレイムは豊かになった。この国で暮らすことを誰もが誇りとしているであろう。だが、他国はそうではない。アラニアの領主は贅沢《ぜいたく》に溺《おぼ》れ退廃している。カノン王は貴族らの信認を得られず、国を治めることすらままならぬ。ヴァリスでは王国とファリス教団から二重の税を課され、領民は貧しい暮らしを送らざるをえない。モスは公王の座を巡って、相も変わらず分裂状態だ。そしてマーモは闇に魅入られ、邪悪に染まった……」

ディアスが続けた。

マーモ王国が邪悪に染まったという噂も、百年前から変わらず流れている。妖魔《ようま》や暗黒神ファラリス教団を容認しているので、否定するつもりはない。だが、闇を内包しながらも、マーモ王国はなんとか法と秩序を守ってきた。すくなくともロードス本島に害を及ぼしたことはない。

(評価してくれとは言わぬが、実情ぐらい知ってほしいものだ)

マーモの国王は、たびたびフレイムを訪れている。

だが、フレイムからマーモにやってきた国王は、カシュー以来ひとりもいない。他国も同じだった。六王会議も、マーモでは開かれたことがない。

「今のロードスが平和だと、わたしにはとうてい思えぬ。なぜこうなったか？　それは誓約の宝冠によって、六王の地位が安泰となったからだ。諸国の歴代の王は、宝冠の魔力が約束する戦のない世を甘受してきた。そして内政を怠り、外交を軽んじたのである。百年前、ロードスの六国はたしかに同盟関係にあった。だが、今は違う。武力による戦が起きていないだけで、争いの火種はいたるところにある。たとえば、帰らずの森だ。いにしえのエルフが去り、呪いが解かれたとたん、アラニアとカノンの両国は、彼の森を自国の領土であると主張しはじめた。アラニアはまた緑化がはじまった風と炎の砂漠の東側を開墾しはじめている……」

ディアスは怒りの表情を浮かべ、拳を激しく振った。

「わたしは、この偽りの平和を打ち壊すと決めた。誓約の宝冠を戴く国王を、残らず討ち取る。そしてロードスをひとつにする。我が国の繁栄がこの島の隅々にまで行き渡ったときこそ、真の平和が実現するのだ。そして遠い将来、我がフレイムは千年王国と讃《たた》えられるであろう！」

ディアスは演説を締めくくると、小姓に持たせていた剣を引き抜き、頭上高く掲げた。

中庭に集う騎士らも、国王に応じる。

歓声が響き渡り、王城の石壁すら震えんばかりであった。

そして各軍団の騎士らが、整然と中庭から出陣する。従者や兵士らは三方面の街道にすでに集結しており、合流するのだ。

靴底が大地を踏み鳴らす音に、金属が打ち合う音が重なる。

（大軍が動くと、こうなるのだな）

先の大戦でも、これだけの数が動員されたことはないはずだ。

それぞれの軍団は、このまま各方面へと進軍を開始する。

アラニアへ向かうのはヒルト公の第二軍とヘヴン侯の第三軍だ。

ヴァリスへはローラン公の第四軍。それに加え、バロッカ提督の海軍が西回りにヴァリス沖へと向かい、海上を封鎖する。

モスへ攻め入るのは、ライデン侯の第五軍とドリム伯の第六軍だ。


「我々、傭兵隊はヒルト公の第二軍、ヘヴン侯の第三軍とともにアラニアへと向かう！」

全軍団がいなくなってから、傭兵隊の先頭に立っていた隊長が命令を下す。

傭兵隊長は砂漠の部族出身で、名をグラーフという。年齢は三十なかば。フレイムにおける傭兵隊長の地位は高いので有力氏族の出身だろう。長身で幅もある。縦長で角張った顔は、作りかけの石像のようだ。髪は短く刈り、顎《あご》の線にそって短い髭を生やしていた。鎧は胸甲に籠手《こて》、脛当《すねあて》と軽装だが、幅広の両手剣を背負っている。

（三方面に軍を進めたが、どうやらアラニアが第一目標のようだな）

ザイードはそう推測した。

ヴァリス、モスへ軍を差し向けたのは、おそらく陽動だろう。すくなくとも両国はアラニアを支援することはできない。

（さて、マーモとカノンがどう動くか？）

アラニア、ヴァリス、モスとも誓約の宝冠の名において援軍を求めるはずだ。だが、両国には三方面に援軍を出せるほどの戦力はない。

（兄上なら、カノン軍と合流し、アラニアの救援に向かおうとするだろうな）

マーモ王となった兄アルシャーは慎重な性格だ。それだけに読みが深く、外れることはまずない。フレイムの第一目標がアラニアであると見抜くに違いない。

そうなると、本当に戦場で見《まみ》えることになるが、そのときはそのときだ。

（それに、今のオレはただの傭兵だからな）

マーモの王子を名乗り、兄と王位をかけて一騎打ちを挑むという提案は、ディアスに拒否されたものと思っている。

ディアスは誓約の宝冠を戴く王家をことごとく滅ぼすつもりなのだ。

傭兵たちは傭兵隊長に続き、思い思いに歩きだしている。

ザイードも隊列の中程を歩きはじめた。長衣を着込み、頭巾《ずきん》は鉢金で止めている。広刃の曲刀と護拳のついた左手用短剣《マンゴーシュ》を腰に吊《つる》した。長衣の下には真銀《ミスリル》製の鎖鎧《チェインメイル》を着込む。

長い行軍に備え、背負い袋の荷物は最小限に留めておく。フレイム軍の補給は完璧《かんぺき》で、軍団の後には荷駄隊が長々と続いていた。

「ねぇねぇ？」

王城を出て、砂の川ザラウを渡ろうとしたときである。

ザイードのすぐ後ろを歩いていた傭兵が不意に声をかけてきた。

あきらかに女の声である。

「なんだ？」

ザイードは怪訝《けげん》に思いながら振り返る。

女はすり寄るように隣に並んできた。一見して傭兵とは思えないほどの華奢《きやしや》な体型である。亜麻の長衣の上に革鎧を着け、小剣を吊しているが、戦場に立つにはいかにも心許《こころもと》ない格好だ。砂漠の部族の女のように髪を布で巻き、鼻から下は布で隠している。そのせいで声がくぐもっていた。その言葉には、強い大陸訛《なま》りがある。唯一露出している目は琥《こ》珀《はく》色。そして右手には装飾というには、大きすぎる黒水晶の指輪をはめていた。おそらく魔法の発動体だろう。

「おまえは魔術師か？」

「ライデンにある魔術師の私塾に通ってる。でも、お金が足りなくなってね。手っ取り早く稼ごうと思って傭兵隊に入ったら、いきなり戦がはじまって……」

女がため息まじりに答えた。

「それは運がなかったな。だが、働き次第では褒美が出る。生き残れたら、金には困らないはずだ」

ザイードは遠慮なく笑う。

「生き残れたら、ね……」

女がそう言って、うなだれる。

「わたし、体力はないし、魔術が使えなくなるから重い鎧は着けられない。それにこんな武器じゃ、革鎧だって貫けるかどうか……」

そう言って、女は腰に下げていた細身の小剣を叩《たた》く。鞘《さや》を見るかぎり、かなりの安物だ。

「武器を振るう状況にならないよう、うまく立ち回るのだな。ところで、肝心の魔術はどのくらい使える？」

「見習いは終わった。導師の資格はもらっていない」

「正魔術師か……」

ザイードはうなずく。

初級の魔法はすべて、中級の魔法もいくらか扱えるだろう。戦場で役に立つかどうかは別問題だが、能力はそれなりにありそうだ。

「それで、オレになにか用か？」

「守ってほしいのよ」

女がさらに近くに寄ってきて、声を落として言った。

「戦場でか？　それとも寝ているときか？」

傭兵《ようへい》隊にも規律はあるが、全員がそれを守るとはかぎらない。まして戦場では気が荒くなる。女どころか男でさえ夜這《よば》いをかけられることがあると聞く。

「どっちも……」

　女はさらに小声で言った。

「見返りに、わたしを自由にしていいから」

「それでは本末転倒だろう?」

　ザイードは苦笑する。

　非力な女が身を守るには、たしかに強い男の女になるのが簡単だが。

「あなたが傭兵隊に入ってからこっそり観察してたの。腕は立つみたいだし、隊長とも仲がよさそう。それに、どことなく上品だし。あなた、砂漠の部族の出身でしょ?」

「まあ、そんなところだ」

　ザイードは言葉を濁す。

　マーモの元王子であることは、隊長以外知らない。だが、他の傭兵らもザイードのことを砂漠の民、それも有力氏族の子弟と思っているようだ。そう思われて不都合はないし、マーモ王家は砂漠の民の支族長でもあるので間違ってもいない。

「つまり……、あなたなら……、いいかなって」

　女が顔を赤らめながら言う。

「わかった。夜には、オレの天幕で寝るといい。だが、戦場で足手まといは困る。魔法で役に立ってもらうぞ」

「導師様に叱られそうだけど、傭兵だものね」

女がため息まじりにうなずいた。

「オレはザイードだ」

そう名乗って、手を差し出す。

「わたしはテューラよ」

そう名乗りかえした女と、ザイードは握手をかわした。

4

ザイードの視線の遥《はる》か先に城壁があった。

アラニア西端の街ソーグである。百年前までは風と炎の砂漠の玄関口となる小さな宿場町だったという。だが、砂漠の緑化が始まってから周辺が開墾され、今では農園が広がっていた。それとともに街は発展し、城塞《じょうさい》化されたのである。

砂漠が後退してゆくにつれ、農園はフレイム領まで入り込んでいた。

当然、フレイムは抗議したが、アラニアは二百年以上前の古い記録を持ち出し、砂漠の民とは砂漠の端が境界であるとの取り決めであったと反論する。

もちろん砂漠が緑化するということなど、当時の想定にはない。二国は国境線を定めるための協議をはじめたが、その間もアラニアは開墾を止めようとしなかった。

結果、協議は決裂し、両国の関係は悪化したという。ディアスが誓約の宝冠を戴《いただ》かなかった原因のひとつだと噂されていた。

だが、ディアス自身は、この問題を開戦の理由とはしていない。

(ロードスを統一しようというのだから、国境紛争など口実にはできないからな)

それにしてもアラニアはフレイム王が誓約の宝冠を戴かないという可能性を考えなかったのかと思う。

(ディアス王の言ったとおり、宝冠の魔力に頼り切ったせいか？)

かつて六王会議は毎年のように行われていたという。だが、ここ何十年かは新王が即位したときなど、申し訳程度に開催されるのみだ。六王会議は形骸《けいがい》化し、紛争解決のための話し合いの場にはなっていない。

ザイードには、この戦いが起きたのは必然とさえ思えた。

(大賢者と呼ばれた老魔術師は、この程度のことも予見できなかったのだろうか？)

あるいはそれを承知のうえで、王たちに宝冠を贈ったのかもしれない。

(戦のない百年が実現されただけでも十分だからな)

その前の五十年は、世界すら滅ぼしかねない大戦が続いたのだから。

「なにを考えているの？」

テューラが声をかけてきた。

ふたりがいるのは、傭兵隊の陣地である。

傭兵隊の左翼にはヒルト公の第二軍が、右翼にはザハ侯の第三軍が展開していた。

「人間の愚かさについてだな」

ザイードは冗談めかして答える。

「わたしは傭兵隊になんか入った自分の愚かさを呪っているところ」

テューラがため息をつく。

風と炎の砂漠を行軍するあいだ、ザイードは約束どおり彼女と同じ天幕で寝ている。もちろん、ふたりだけでだ。当然、他の傭兵からは、ふたりができている、と思われている。

だが、ザイードは彼女を抱いていなかった。自由にしていいと言われたが、相手から求められないかぎり、自分から手を出す気はない。

「作戦が決まったぞ……」

そのとき本陣からもどってきた傭兵隊長グラーフが、大声で話しはじめた。

「我々は先陣だ。破城鎚《つち》で城門を突破する」

「それが作戦？」

テューラの顔から、見る見る血の気が失《う》せてゆく。

「強襲も立派な作戦だからな。効果的な場合もある。敵が少数か、戦意がないか、あるいはその両方とかな……」

　ザイードはテューラに笑いかけた。

「この街の先にあるノービスのほうが城塞都市として遥かに大きく堅固だ。アラニアとしても、こんなところで、貴重な戦力を消耗したくないはず。おそらく、この街は本気で守る気がないのだろう」

「軍議に同席していないのに、なんでわかるの？」

「結論から逆に推測しているだけだ。フレイム軍としても、初めての戦闘だからな。短時間で攻略し、圧倒的な勝利を得たいところだろう」

　ザイードが予想したとおり、モス、ヴァリスに向かった軍団は国境線に堅陣を敷いただけで戦闘ははじめていないと聞いている。

　モス、ヴァリスも軍を出撃させてきたが、フレイム陣に攻めかかってはいないそうだ。

「ザイードは、どこかで軍学を習ったの？」

「一時、魔術師を目指したことがあったからな。あいにく魔術の才はなかったが、学問は誰でも修められる。おまえのほうこそ、軍学は習っていないのか？」

「わたしの一門は、平和主義なのよ……」

　テューラがため息をつく。

「まあ、オレの推測が当たっているかどうかはわからん。それにオレたちの仕事は、最前線で戦うことだ。戦の勝敗より、戦死しないためどうするか知恵を絞らないとな」

「どうすればいい？」

テューラが不安そうに訊《たず》ね、わずかに身を寄せてきた。

「オレたちは破城鎚を持つ仲間を援護する役目になるだろう。オレが守ってやるから、おまえは魔法で敵の城兵を狙い撃て」

「すぐに魔力が尽きる」

「これを使え」

ザイードはそう言って、首に紐《ひも》で吊《つる》してある巾着《きんちゃく》を引き出した。そして袋の口を開き、青白い光が閉じこめられた結晶を三つ取り出した。

「魔晶石《ましようせき》！」

テューラが驚く。

「金貨より持ち運びに便利だからな」

ザイードは平然と答えた。

万物の根源にして万能の力とされる魔力が封じられている結晶である。古代王国時代に大量に作られ、通貨としても使われたという。その価値は今でも認められていて、宝石貨《ジエム》のひとつとされている。

「換金したら、すごい額になりそう。戦がはじまったから、高騰しているだろうし」

「命が助かるなら安いものだ」

「それ、お金を持っている人しか言えない」

テューラが顔をしかめながら、首を横に振る。その拍子に頭に巻いた白布から金色の髪がひと房、流れ落ちた。

「魔術師になれるだけで、裕福な家の子供のはずだが？」

魔術を学ぶには貴重な書物や稀少《きしょう》な材料が必要なので、導師に渡す謝礼はかなりの額になる。そして魔術師になったからといって、仕事に就けるかどうかはわからない。実家の支援を受けながら研究を続ける魔術師は多いと聞いている。

「わたしは例外……」

テューラが落ちてきた髪を指で戻しながら、ため息をついた。

「わたしの父は大陸出身の魔術師だったの。仕えていた王国が滅んで、〝楽園の島〟と伝えられていたこのロードスに逃げてきた。父は優秀だったけど、この島ではどの王国に仕えることもできなかった」

「魔術師の仕事は、王国の機密にかかわるからな。能力もさることながら、出自も重要視される。人材が不足していた頃ならともかく、今は魔術師は余っているぐらいだ」

魔術師の世界は職人と同じく、徒弟関係で成り立っている。紹介がなければ、王国や貴族に仕えたり、大商人に雇われることは難しい。

かつては遺跡荒しの冒険者となる魔術師もいたが、有名な遺跡はあらかた探索されている。治安がよくなり、冒険者を必要とするような依頼も減っていた。

「わたしは父から魔術を習い、才能も受け継いでいたのだけど、その父が十歳のとき亡くなってね。ここで仕事を得るには、モスの山中にある魔術師の学院か、私塾に入るしかない。父が遺《のこ》してくれた財産は尽きていたし、母は働いているけど、その稼ぎだけじゃとても足りなくて……」

謝礼金を稼ぐためこの傭兵隊《ようへいたい》に入り、入った途端に戦が始まったわけだ。

「わたしの悪運に、ザイードを巻き込んでしまったら、ごめんなさい」

テューラは伏し目がちに言う。

「それだけ悪運を拾っていたら、戦場では幸運に恵まれるかもしれない……」

ザイードは笑い返した。

「それに、どちらかといえばオレも運がないほうだ。弟とよく遊技盤や遊技札で遊んだが、運の要素が入る遊技はよく負ける。癪《しゃく》だから、そういうのはやらないことにした」

〝不幸王〟とも呼ばれた曾祖父《そうそふ》スパークの血を濃く受け継いでいるのかと思うことすらある。遊びで悪運を拾ってる分、他では幸運であることをザイード自身も願っていた。

「仲のいい弟がいるのね」

テューラが羨《うらや》ましそうに言う。

「兄も姉も弟も妹もいる。仲は、まあ、いいな」

マーモの王家は代々、親族の絆《きずな》が強い。結束しなければ、国が滅びていたからである。

「戦場では一瞬の判断の遅れが命取りになる。慣れるまでは、オレの指示に従うといい。命令されると、意外に身体が動くものだからな」

ザイードはテューラにそう助言した。

「そうする」

テューラが首を縦に振り、ザイードの右手を両手で強く握ってくる。

彼女の手は小刻みに震え、冷たい汗が滲《にじ》んできた。

「大丈夫だ、オレを信じろ」

ザイードはテューラを励ます。もっともザイード自身、本物の戦いは初めてだ。

（このときのために鍛えてきたからな）

妖魔《ようま》退治は何度か経験しているし、魔獣退治にも参加している。

なにより武術師範のハレックは実戦経験が豊富で、戦場がどういうものか事細かく教えてくれていた。ザイードの脳内には、はっきりとしたイメージがあり、それが間違っていなければ、どう立ち回るか想像はつく。

戦いは始まったばかりである。こんなところで、終わるわけにはゆかないのだ。

5

進軍の号令がかけられ、傭兵隊はフレイム軍の中央からソーグの街の城壁に向かって、だらだらと進んでいった。

すこし遅れて、第二軍と第三軍が整然と続いている。

全軍は敵の矢弾が届かないところで、いったん停止した。

第二軍と第三軍が武器を振りあげ、怒号をあげる。敵の城兵を威嚇しているのだ。

「開城してくれないかな……」

テューラが右の中指にはめた魔法の発動体をいじりながらつぶやく。

「どうだろう？　彼らもおそらく本物の戦を知らないからな。城に籠《こ》もっているかぎり、大軍相手でも守り抜けると思っているかもしれない」

城壁には、それほどの安堵《あんど》感がある。

「勝てるわけがないのに？」

「ああ、まともに戦えば、敵軍はまず全滅するだろうな。死ぬ覚悟ができているとは思えないが、逃げるわけにもゆかないのだろう」

テューラと同じで、兵士になったときには、戦がはじまるとは思っていなかったはずだ。

ザイードとてそう変わらない。出陣前にディアスが演説したとおり、六国の関係が近年悪化しているのは知っていた。だが、戦に発展するほどではないと判断していた。

(オレも甘いな)

だが、戦とはそういうものなのだろう。起こるはずがないと思っていると、ある日突然、現実になる。

「さあ、はじめるぞ!」

傭兵隊長グラーフが声をあげ、手近な傭兵たちの背中を叩《たた》いて回る。

「おうよ!」

傭兵らは気合いのこもった声で応じた。

そしてグラーフは、ザイードのところへもやってくる。

「剛力隊を頼むぞ」

グラーフがザイードの肩を叩きながら、声をかけてきた。

「任せてくれ」

ザイードは静かにうなずく。

剛力隊というのは、三基の破城鎚で突撃する傭兵たちのことだ。怪力を買われて雇われた傭兵たちである。全員が肩当てと一体になった分厚い兜《かぶと》を支給されていた。兜や肩当ての表面は敵の矢弾が命中しても逸《そ》れるよう滑らかな曲面で仕上げられている。

他の傭兵は、城門を破壊するまで彼らを守るのが任務だ。

ザイードは新月刀と盾を調達している。新月刀にしたのは、矢を素早く切り払うためだ。盾の方は、木製の円盾に申し訳ていどに金属板で補強を施した安物である。おそらく、この戦いで使い物にならなくなるだろう。飛び道具は用意しない。刀と盾で矢弾を防ぐことに専念するつもりだ。攻撃はテューラに任せる。矢弾と異なり、魔法なら外れることはない。

「進め！」

グラーフが怒鳴りつけるように号令を発した。

それに応じて、剛力隊が持つ三基の破城鎚《つち》が縦一列にゆっくりと移動をはじめる。

ザイードは先頭の破城鎚と横並びに進んだ。

テューラがすぐ後ろに続く。

やがて城壁に近づくと、ずらりと並んだ城兵が矢弾を射かけてきた。

弦が振動する音や、矢が風を切る音がはっきりと聞こえてくる。

「ひゃあっ！」

テューラが悲鳴をあげ、ザイードの背中にしがみついた。

「まだ遠い。届かんよ」

ザイードは振り返って、声をかける。

「なんで、わかるの？」

テューラは泣きそうな声で言う。

「経験だ」

マーモ王国の訓練は実戦的である。王族は、とくに厳しい訓練を課せられる。

弓矢の敵を相手にする訓練は、嫌になるほどさせられた。

放たれる矢には鏃《やじり》はついていないのだが、それでも当たり所が悪ければ大怪我をする。

叔父《おじ》のひとりは、この訓練で片目を失っていた。

敵の放った矢は、ザイードたちより遥《はる》か手前で地面に刺さる。

「目測もできないのだな。それに発射間隔が遅い……」

ザイードはつぶやく。城兵の弓の練度は、あきらかに低い。弩《いしゆみ》を持つ兵士も見えなかった。アラニアがこの街を守る気がないのは、間違いないようだ。

「しばらく曲射がくる。そのままオレの背中に貼りついていろ」

テューラにそう声をかけると、彼女は抱きつかんばかりに身体を寄せてくる。

破城鎚を持つ剛力隊は頭を下げながら、城門へと迫ってゆく。

やがて敵の矢が届く距離に入った。

何本かの矢が彼らの兜に当たり、派手な金属音を立てる。そのたびに、テューラが小さな悲鳴をあげた。不運にも足に矢を受けた剛力隊のひとりが派手に転ぶ。

破城鎚を護衛している何人かも、矢を受けて倒れた。

剛力隊はかけ声を合わせ、全速で走り出す。

ザイードは盾をかざし、命中しそうな矢を防ぎつつ前進した。

敵の矢が、何本か盾に突き刺さる。

「城壁の敵が見えるか？」

ザイードはテューラに声をかけた。

「ええ……」

テューラが答え、ザイードの背後から顔を覗《のぞ》かせる。だが、矢が飛んでくるたび、すぐにまた隠れてしまう。

「矢はオレがすべて防ぐ。おまえには一矢も当たらせせん」

「わかった……」

テューラはうなずき、城壁をしっかり観察しはじめた。

「敵の位置を頭にたたき込んだら、精神を集中しろ。魔法の届く距離になったら〝光の矢〟を放つんだ」

光の矢は初級の攻撃魔法である。万物の根源にして万能の力である魔力素《マナ》を、純粋なエネルギーとして放つ。高い能力を持つ魔術師だと一発で相手を殺傷できる。死なないまでも無力化できれば十分だ。

「やってみる……」

テューラはそう言うと、古代語魔法の呪文《じゅもん》をぶつぶつと詠唱しはじめた。

敵兵は城門を破られまいと、破城鎚を持つ傭兵に攻撃を集中している。矢を受けて、剛力隊の何人かが脱落したが、破城鎚が止まることはなかった。

飛び道具を得意とする猟兵隊が、敵の矢を避けつつ、反撃を開始する。

下からの射撃なので威力は削《そ》がれるが、彼らの放つ矢は正確だった。矢を受けた城兵が、ひとりふたりと城壁から落ちてくる。

だが、猟兵隊は軽装なので、運悪く矢を受けた者が次々、倒れていった。

「今だ！」

ザイードはテューラに合図した。

飛び道具を持たず、飛来する矢をことごとく防いでいたので、敵兵がザイードを狙わなくなっていたのである。

「万物の根源にして万能の力たるマナよ、光の矢となりて奔《はし》れ！」

テューラが呪文を詠唱し、三筋の光線が同時に放たれた。

（魔法を拡大したのか？）

青白い閃光《せんこう》が走ったかと思うと、三人の城兵にそれぞれ命中する。身を乗り出し、弓を放とうとしていたひとりがバランスを失い、城壁から落ちた。

「ごめん……」

テューラが泣きそうな声でつぶやく。

「隠れて息を整えていろ」

魔法使いがいることを知ったのか、ふたたび敵の矢がザイードを狙いはじめていた。

ザイードは飛来してくる矢を、盾で防ぎ、剣で弾《はじ》く。そして矢が途切れるタイミングで、テューラに次の合図を送った。

「光の矢となりて奔れ！」

テューラの魔法の矢は今度も三本迸《ほとばし》った。

光の矢を受けた三人の城兵が仰《の》け反って城壁から見えなくなる。

（効いているようだな）

テューラの魔法を受けた城兵が立ち上がってくる様子はない。重傷を負い、後方に下がったのだろう。期待していた以上に彼女の魔力は高いようだ。

ざっと見たところ、城壁にいた敵兵は二百ほど。だが、その数はすでにかなり減っている。

猟兵隊が確実に仕留めているのだ。

そして剛力隊は城門に達し、破城鎚を打ちつけている。激しい衝撃音が響き、地面まで揺れるようだ。

そのときである。城門の上で、城兵の何人かが大釜《おおがま》のようなものを持ち上げているのが見えた。白い湯気が立ち上っている。

「テューラ！」

ザイードはそちらを指差した。

「奔れ！」

テューラが素早く呪文を詠唱し、魔法の矢を釜に直撃させる。

その衝撃で城兵は釜を取り落とした。激しい湯気が立ち上り、同時に悲鳴があがる。

「煮え油だな」

攻城戦ではよく使われる防御手段だ。どんな分厚い鎧《よろい》を着ていても、これを浴びればただでは済まない。

煮えた油が足下に広がったため、城兵らはその場から慌てて逃げ散っている。

「よくやった」

ザイードはテューラを振り返ってうなずきかけた。

「う、うん……」

テューラはうなずいたが、顔はひきつっている。恐怖感や罪悪感で、心が乱れているのだろう。

「しばらくはオレの後ろでおとなしくしておけ。どうやら目立ちすぎたようだ」

ザイードはテューラにそう声をかけ、盾を握り直した。

城兵がこちらに矢を向けてきたのに気づいたのである。

そして矢が次々と放たれた。

テューラを庇《かば》っているので、場所を変えるわけにはゆかない。

ザイードはその場で立ち止まったまま、刀と盾で飛来する矢を防ぐ。盾には十本を超える矢が突き立っていた。木板が割れはじめている。

盾はすぐに使い物にならなくなるだろう。そして刀だけですべての矢を防ぐのは難しい。

(最悪、身体で止めるしかないな)

ザイードは覚悟を決めた。

ふと異母姉ローザの顔が脳裏に浮かぶ。

ローザは十歳にして大地母神マーファの奇跡を起こし、すぐにマーファ神殿の神官となった。そして今は司祭の地位にある。

マーモの王族は怪我をするたび、この姉のもとへ行って癒《いや》してもらう。かなりひどい怪我を負っても、彼女に治してもらうと傷痕《きずあと》すら残らなかった。

実力だけならすでに高司祭で、曾祖母《そうそぼ》ニースの生まれ変わりと噂されている。曾祖母も敬虔《けいけん》なマーファの神官であり、少女時代には聖女と敬われていたという。だが訳あって、マーファ教団から追放されていた。マーファ教団では、彼女の名は禁忌となっているらしい。

ザイードは間断なく飛来する矢をからくも防いでいた。狙いが自分に集中すれば、猟兵隊が城兵を狙い撃ちできる。望んだわけではないが、完全な囮《おとり》役だった。

さすがにすべてを避けきることはできず、腕には一本、足には二本、矢が突き刺さる。激痛が走ったが、集中を途切らせたらおしまいだ。

ザイードは歯を食いしばり、矢を防ぎつづける。

そのときだった。

「偉大なる戦神マイリーよ、ここに勇者集い、戦いに臨まん……」

ザイードの背後で、朗々たる声が響いた。

「戦の歌だと？」

ザイードは驚き、背後を振り返る。

そこに右手を腹に当て、左手で盾を持った初老の男が立っていた。頭巾《ずきん》つきの鎖 鎧《チエインメイル》を身につけ、その上から黄色く染めた神官衣をまとっている。神官衣の胸に刺繡《ししゅう》されているのは、戦神マイリーの紋章であった。背はそう高くないが、横幅のある体型をしている。灰色の髪を短く刈り、鬚《ひげ》は丁寧に剃《そ》っていた。眉は太く、目は大きい。どことなく梟《ふくろう》を思わせる容貌《ようぼう》であった。

「我らに加護あれ、鉄の意志と炎の勇気を与えたまえ……」

神官は歌い続ける。

〝戦の歌〟は、戦神マイリーの司祭が行使する高位の奇跡だ。味方の戦士を鼓舞し、心身の能力を増大させる。

神官の歌声を聞くうち、ザイードの精神は高揚し、全身に力が漲《みなぎ》った。飛んでくる矢が遅くなった気さえする。

ザイードはハリネズミのように矢が突き刺さった盾を捨てると、左手用短剣《マンゴーシュ》を抜いた。右手の新月刀と左手の短剣で、迫ってくる矢を次々と払いのける。

そのあいだにも敵兵の数は確実に減っていた。

そして戦の歌の奇跡で力が増したのか、剛力隊の破城鎚《つち》がついに城門を破壊する。門を城壁に繋《つな》いでいた蝶番《ちょうつがい》が石柱から抜けたのだろう。最後の一撃で門は吹き飛び、扉の後方で待機していた城兵をなぎ倒した。

「斬りこむぞ！」

側にいた傭兵《ようへい》の誰かが声をあげる。

だが、そのとき後方で楽器の音が鳴り響く。

ザイードはちらりと後方を振り返った。

第二軍、第三軍が地響きをあげながら進軍を開始している。

「どうやらオレたちの仕事は、ここまでのようだな」

ザイードは苦笑を漏らした。

城内に斬りこんで手柄を立てたかったところだが、この傷では無理をすることもないと自分に言い聞かせる。

「傭兵隊、後退だ！」

はたして傭兵隊長グラーフが号令を響かせた。

「どういうこと？」

テューラが不思議そうに訊《たず》ねてくる。

「城塞《じょうさい》への突入は、正規軍の役割ということだ」

ザイードは振り返って、テューラに答えた。

6

アラニア西端の街ソーグは、日暮れまでには完全にフレイム軍によって占領されていた。

領主は西門が破れると同時に東門から脱出したという。

配下の騎士らもそれに倣った。

見捨てられた形の兵士らは、ほとんど抵抗することなく投降している。彼らは武装を解除されただけですぐ解放された。

占領した街はもはやフレイム領であり、住民はフレイムの民である。しばらくは監視下に置かれるが、いずれはディアス王が封じた領主に統治されるはずだ。フレイム軍の規律は厳しく、住民に対する乱暴や略奪は禁じられていた。そして住民たちには外出が禁止されている。

ソーグの街は昼間の戦いが嘘のように静まりかえっていた。

ザイードはテューラとふたりで焚《た》き火を囲み、遅い夕飯をとっている。傭兵隊の陣地は、街の外にある。狭い街なので、大軍は入りきれなかったのだ。

昼間の戦闘で受けた矢傷は鏃《やじり》をえぐりだし、酒で消毒してから膏薬《こうやく》を塗り、包帯を巻いている。痛みはひどいが、幸いなことに手足は問題なく動く。次の戦までには完治しているることだろう。

ふたりのもとには剛力隊や猟兵隊の傭兵が代わる代わるやってきて、昼間の戦い方を冷やかしてくる。

「オレはおまえを守っていただけで、ひとりの敵兵も倒していないからな」

ザイードは苦笑を漏らす。

「あれだけ狙い撃ちされたのだから、ある意味いちばんの功労者だわ」

テューラが慰めるように声をかけてきた。

「魔法は目立つということだな。オレの見込みが甘かった」

ザイードは魔法について詳しいので、その強力さとともに限界もわかっている。

実際、テューラは三度しか魔法を唱えていない。

城兵らにとって、猟兵隊の射撃のほうがよほど危険だったはずだ。だが、一般の兵士らは、魔法のことをなにも知らない。それゆえテューラが放った魔法の矢はとてつもなく恐ろしく見えたのだろう。それゆえ集中的に狙った。

「でも、ザイードは凄《すご》かった。飛んでくる矢をどんどん防いで。それに怪我をしても、最後までわたしを守ってくれたし……」

テューラがそう言って、心配そうにザイードの手足に巻かれた包帯を見つめる。

「そういう約束だからな」

「でも、わたしはなにも返せていない」

「昼間の活躍だけで十分だ。実力は導師級だったな」

「実力だけでは無理なのよ……」

テューラが哀しげに言う。

「免状を出してもらうには、すごい額の謝礼金が必要だから」

「実力を認めさせることだ。そうすれば有力者の誰かが雇ってくれるだろう」

戦乱の時代のほうが、魔術師の必要性は増す。過去の大戦でも、多くの魔術師が戦場に立っている。

そのとき、また誰かが近づいてくる足音がした。

振り向くと、傭兵隊長グラーフの姿がある。

「ふたりともちょっと来てくれ」

グラーフが声をかけてきた。

「わかった」

ザイードは答え、近くにいた傭兵に焚き火の始末を頼んで立ち上がる。

「なんだろうね？」

テューラが腰をあげ、不安そうにつぶやく。

「さあな」

ザイードにも見当がつかなかった。

ふたりは傭兵隊長に従って歩く。

あちらこちらで焚き火や松明《たいまつ》が燃えているので、傭兵隊の陣地には白煙が立ちこめ、木や油の燃える臭いが漂っている。

傭兵らは気の合う仲間と酒を酌み交わし、雑談や賭《か》け事などに興じていた。夕食前、昼間の戦いの報奨として金貨が一枚配られたこともあって、どこも盛り上がっている。五十人を超える死傷者が出たことなど忘れたかのようだ。

傭兵隊長が向かったのは、彼が使っているひときわ大きな天幕である。

入口には甲冑《かっちゅう》姿の騎士が四人立っていた。全員が第二軍を示す上衣を着けている。

（もしかしてパヤート様が来てるのか？）

天幕のなかに入ると、先客が三人いた。

「ザイード兄さん！」

そのうちのひとりが立ち上がって声をあげる。

驚いたことに、妹のビーナだった。彼女は侍女ふうの服装である。彼女の隣には、予想どおりヒルト公パヤートの姿があった。

（なぜ、ビーナがここに？）

ザイードは当惑する。

だが、すぐに彼女のほうからパヤートに同行を申し出たのだろうと察した。ブレードの街に残っても、彼女の居場所はないからだ。

「妹さんなの？」

テューラが囁《ささや》きかけてくる。

ザイードは無言でうなずきかえした。今は説明できる状況ではない。

「怪我をなされたと聞きましたが……」

パヤートが心配そうに訊ねてくる。

「不覚を取りました……」

ザイードは答えて、腕に巻いた包帯を見せた。包帯には血や膏薬が沁《し》みている。

「ですが、まあ、かすり傷です」

ザイードは笑って見せた。その拍子に傷がずきりとしたが、表情には出さない。

「それはなによりです」

パヤートが安堵《あんど》の表情を浮かべた。

「昼間は、見事な戦いぶりでしたな……」

もうひとりの男が笑いかけてくる。

〝戦の歌〟で鼓舞してくれた戦神マイリーの神官だった。

「こちらは父に宮廷司祭として仕えておられたラジブ殿です」

パヤートが紹介する。

その名は聞いたことがあった。

（たしか、フレイムの先王の側近だったはず……）

そんな人物がなぜ前線にいるのかと疑問に思う。

「昼間は危ういところを助けていただき、ありがとうございました」

ザイードは礼を述べた。

「いえいえ、勇猛なる戦士を激励するのは、我らの務め。傭兵隊の奮戦を見ているうち心が躍り、気がつけば戦場に向かって走っておりました」

ラジブ司祭は身体を揺らしながら笑う。

「ラジブ様はザイード殿をいたく気に入られたようで、できれば共に行動したいと言っておいでだ」

グラーフ隊長がにやりとしながら言った。

「わたしと？」

ザイードは司祭を見つめる。

「我ら戦神マイリーの司祭は、勇者に仕えることが使命ですので」

「そう言っていただけるのは光栄ですが、わたしは一介の傭兵にすぎません。それに昼間の戦いは、自分では恥じ入っているぐらいで……」

ザイードは当惑した。

「たしかに、あなたはあの戦場でただひとり異質に見えました。ですが、それは戦いの目的を理解し、己の役割を考えたうえで、最善を尽くそうとした結果ではありませんか？その答が、そちらの魔術師を城兵から守りぬくことだった」

「それは否定しませんが……」

予想とはかなり違ったが、結果的に目的を果たせたと思っている。

「わたしもたしかな啓示を受けたわけではありません。ただ、あなたに勇者の資質のようなものを感じた。それゆえ、わたしが仕えるべき本当の勇者かどうか、しばらく見極めさせていただきたいということです」

「失望させることになるかもしれませんが、それでもよければ……」

　ザイードはラジブ司祭と握手をかわした。

「失礼いたします」

　司祭がそう断ると、ザイードの手足の包帯をはずし、怪我に癒《いや》しの奇跡を行使する。

　純白の光が輝いたかと思うと、赤黒い傷口が見る見る塞《ふさ》がってゆく。最後に瘡蓋《かさぶた》がぽろりと落ちると、傷痕すら残らなかった。

　魔力の高さがうかがえる。

　今後、戦神マイリーの加護が常に受けられるというのは僥倖《ぎょうこう》といえた。テューラとの約束も果たしやすくなるだろう。

「激戦だったが、とりあえず今日は大勝利だ。まずは祝うとしよう」

　グラーフがそう言って、天幕の隅に置いてあった酒の入った大きな瓶《かめ》を抱え上げ、天幕の中央にどんと置いた。瓶の周りに酒杯を人数分並べる。

　パヤートは自陣にもどるだろうと思ったが、意外にも瓶を囲む場所に席を移す。

「わたし、ここにいていいのかな？」

　テューラが不安そうに訊ねてきた。彼女は天幕に入ったときから、ずっと居心地悪そうにしている。

「気にするな。こういう場で顔を売っておくと、将来役に立つこともある」

ザイードは小声で答えた。

「フレイムの勝利に！」

グラーフが発声し、その場の全員が酒杯を一斉に掲げる。〝火竜〟の銘柄で知られるドリム産の麦酒だった。赤色をしていて酸味が強い。

「今日の戦いで、もっとも活躍したのは傭兵隊《ようへいたい》だ。我々が手柄を横取りする形になり、本当に申し訳ない」

酒杯に口をつけてから、パヤートが傭兵隊長に頭をさげた。

「め、滅相もない……」

グラーフがあわてて首を横に振る。

「軍議で決まったことではありませんか？　街を占領するのは正規軍の仕事。報奨をいただくのももったいないぐらいです」

「先程配られた金貨は、パヤート様がくだされたのですか？」

ザイードは隊長に訊《たず》ねた。

「この隊に余分な資金はないし、オレにあれほどの私財はないよ」

グラーフが笑いながらうなずく。

（そうだったのか……）

パヤートは傭兵隊の武勲を奪ったことを気にかけて報奨を下賜したのだろう。そのうえで傭兵隊の陣地に出向き、隊長に謝罪している。

気遣いがすぎると言うべきかもしれない。

だが、ザイードは好感を覚えた。

(ディアス王がああいう気性だからな。パヤート様は調整役に徹するつもりだろう)

王族というのは王位継承権を巡って、骨肉の争いを演じることもある。だからこそ忠誠心を示す必要があり、また野心を見せてはならない。

この王弟は、それをよく心得ているようだ。

(パヤート様は王位継承権第一位とはいえ、王位を継ぐのはディアス王の子。領地のヒルトもいずれは返上せねばならない……)

フレイムではヒルト公の爵位と領地は、皇太子に与えられるものと決まっている。ディアスの子らはまだ幼いが、いずれは成人し、ヒルト公を継ぐ。そのときにはパヤートには別の領地と爵位が与えられる。

フレイムがロードスを征服すれば、与えるべき領地に不足することはあるまい。だが、王弟ゆえもっとも統治の難しい場所を任すというのは十分に考えられる。

かつて属領となったマーモの最初の領主に任じられたのは、フレイム建国王カシューの片腕であり、風の部族の族長家の跡継ぎであったシャダムだった。

曾祖父《そうそふ》スパークが公王位を譲られたのも、炎の部族の族長家という家柄だけでなく、カシューがもっとも信頼し、その能力を高く評価していたからだという。

パヤートがマーモの領主とされる可能性は案外高いかもしれないと、ザイードは願望をこめて思った。

7

少人数の酒宴はなごやかに続けられた。

夜半近くになり、ヒルト公はビーナを伴い、自軍の陣地へもどってゆく。

グラーフ隊長とラジブ司祭は、まだ呑《の》み続けるようだ。

ザイードはそれに付き合おうと思ったのだが、テューラが上体を揺らしはじめたので自分たちの天幕にもどることにした。

傭兵隊の陣地はまだ騒がしい。戦の後だけに、おそらく夜が明けるまで静まることはないだろう。

「大丈夫か？」

足下が定まらないらしいテューラに、ザイードは声をかけた。

腕を取り、それとなく身体を支えてやっているのだが、それでも彼女は何度か転びかける。

「すこし眠いだけ。緊張したけど、楽しかった」

テューラが笑顔で答えた。

舌があまり回っていない。そのせいか、いつもより若い感じがした。

彼女の正確な年齢は知らない。余計な詮索《せんさく》をする気はないので訊《き》いていないのだ。ザイードより年上なのは間違いないが、それほど離れていないのかもしれない。

「酒は心の薬だからな。もちろん毒にもなるが」

ザイードもそれなりに酔っている。

だが、王族ゆえ、酒宴の経験は多い。このぐらいはどうということはなかった。

「妹さん、綺麗《きれい》ね」

テューラがため息まじりに言う。

「まあ、そうだな……」

ザイードはうなずいた。とくに否定することでもない。ふたりの姉も綺麗だと思っている。

「妹さん、ヒルト公のお妃《きさき》さんだったのね」

「そう見えたか？」

ザイードは訊ねかえした。

「違うの？」

戸惑いの表情を浮かべ、テューラが足を止める。

「間違ってはいないが、貴族の場合、妃といってもいろいろあってな」

ザイードは苦笑した。

「あっ……」

なにかを察したらしく、テューラが気まずそうな顔になる。

酒宴のあいだ、妹のビーナはひかえめに振る舞っていた。自分からはなにも言わず、話を向けられたときだけ愛想よく答える。

妹の立場は、あくまで侍女なのだ。だが、そのおかげでパヤートの側にいられる。正妃だったなら、公爵家の屋敷から出ることはできなかっただろう。

パヤートのほうは妹を妃として扱っているとザイードには感じられた。テューラにもそう見えたのなら、勝手な思い込みではなかったということだ。

ディアス王は弟とビーナの結婚を許したわけではない。それでもパヤートはビーナを側に置くことを選んだ。他のことでは兄に盲従しているように見えるだけに不思議な気さえする。

「ザイードって、いったい何者なの？」

すこしためらいながら、テューラが訊ねてきた。

「隊長だけじゃなく、ヒルト公もあなたに一目置いているみたいだった。お妃さんの兄なら当然かもしれないけど……」

「今はただの傭兵だな」

ザイードは答える。

「今は、ね。じゃあ、前は？」

テューラはさらに訊いてきた。酔った勢いだろう。

「いずればれることだから答えるが、オレはマーモ王国の王子だ。元王子だがな」

「王子？　暗黒の島と呼ばれるマーモの？」

テューラの目が大きく開く。近くの篝火《かがりび》を映し、彼女の瞳が赤く揺れる。

「暗黒の島と呼ばれるのは心外なのだがな。闇も残ってはいるが、光も差し込んでいる。ロードス本島の人々がそれを見ないだけだ」

「ごめんなさい……」

テューラがあわてて自分の口を手で塞ぐ。

「オレはフレイムと戦うと決めた兄に対し、反乱を企て、失敗して逃げてきた。ディアス陛下にマーモの国王にしてくれと願いでたが許されなくてな。居場所を求めて傭兵になった。妹のビーナは第三王女。ヒルト公の正式な婚約者だったが、マーモ王国がフレイムの敵となったことで破談にされた。だが、パヤート様はビーナを迎え入れ、ああして側に置いてくださっている」

ザイードは淡々と説明する。

「そうだったの……」

うつむきながらザイードの話を聞いていたテューラが、わずかに顔をあげた。

「ザイードが上品そうに見えたのも当然ね」

「もう一度言うが、今はただの傭兵だ。手柄をたて、フレイムの貴族に取り立ててもらおうと思っている俗物だよ」

「わたし、ザイードの邪魔じゃない？」

上目遣いに、テューラが訊ねてくる。

「昼間の戦いぶりは、良くも悪くも目立ったからな。名が売れただけで十分だ。約束したとおり、これからもおまえを守る。おまえのほうは、オレが手柄を立てられるよう、魔術で力を貸してくれ。それで対等な関係だ。もちろん、それが嫌というなら、いつでも約束を反故《ほご》にしていいぞ」

「嫌じゃない！」

テューラがあわてて首を横に振った。

「昼間の戦いで、はっきりわかった。あなたに守ってもらわないと、わたしは戦場で生き残れない。魔術をどう使えばいいかもわからない。だから、これからもお願いしたいの」

そう言うと、テューラはザイードの胸にふらりと倒れこんでくる。

「歩けないなら、天幕まで運んでやるが？」

「歩けるけど、運んでほしい……」

テューラが甘えるように言い、ザイードの首に手を回してきた。

ザイードはテューラの背中と足に手をかけると、軽々と抱きあげた。そのまま自分たちの天幕へともどる。

天幕のなかには絨毯《じゅうたん》が敷かれ、毛布が数枚積みあげられていた。オアシスの街へヴンで買いそろえたもので、それなりの上物である。

ザイードはテューラを絨毯に下ろそうとした。

だが、彼女はザイードの首に回した手を離そうとしない。

「お願い、わたしを抱いて……」

テューラが熱い息とともに囁《ささや》きかけてきた。

「約束だからじゃないの。わたしは、あなたの好みじゃないのかもしれないけど……」

「好みを気にしたことはないな。求められたら、そのときの気分しだいで応じるかどうか決めてきた」

ザイードは真顔で答える。

「それ、もてる男にしか言えない……」

テューラが恨めしそうに睨《にら》んできた。だが、すぐにあきらめたような息をつく。

「わたしはあなたを求めてるの。あなたの今の気分は？」

「戦で気が昂《たか》ぶり、酒も入ってる。ちょうど、そういう気分だ」

ザイードはテューラを絨毯に寝かせると、彼女のうえに身体を重ねていった——


火照った身体を冷まそうと、ビーナは壺《つぼ》に入っていた水を杯に注ぎ、ひと息に飲んだ。唇の端からこぼれた水が顎《あご》から喉《のど》をたどり、胸もとへ流れてゆく。彼女は全裸だった。若く張りのあるふたつの胸の膨らみが薄明かりのなかで影を描いている。

ビーナはこぼれた水と全身を濡《ぬ》らす汗を織物で拭《ぬぐ》うと、それを身体に巻いて胸と腰を隠す。

ここはフレイム王国第二軍の本陣が置かれたソーグの街の城館の一室である。元の城主の寝室であった広く豪華な部屋だ。

大きな天蓋《てんがい》つきのベッドが中央にあり、そこにヒルト公パヤートが仰臥《ぎょうが》している。彼もまた全裸だった。

傭兵《ようへい》隊の陣地での酒宴が終わり、この部屋にもどるなり、ビーナはパヤートに求められたのだ。フレイムの王城アークロードで初めて抱かれてから、ほぼ毎日、身体を重ねている。

（あたしは淫《みだ》らだ）

ビーナは思う。

初めてのときから、この行為が嫌ではなかった。破瓜《はか》のときこそ鋭い痛みを感じたが、すぐに身体の芯《しん》から甘美な感覚が湧きあがってきたのを覚えている。今では自分のほうから快感を追いかけ、パヤートを誘うほどだ。

だが、淫らでよかったと思う。

いつかは政略結婚で嫁ぐことになるのはわかっていたし、妃になったときどうすればいいかは経験豊かな宮廷婦人や侍女たちに聞いて知っていた。夫となった男を満足させるのも王族の女の大事な務めなのだ。

パヤートは今のところビーナを妃として扱ってくれている。その寵愛《ちょうあい》がいつまで続くかはわからない。だが悲観はしていない。パヤートのことは出会ったときから好意を抱いていたし、今は愛《いと》おしく感じている。無理に媚《こ》びるのではなく、一緒にいることを楽しむつもりだ。マーモの王宮にいたときも、そのように振る舞い、誰とでも仲良くしている。例外は生意気な弟ライルだけだ。

「わたしにも水をくれないか？」

パヤートが上体を起こし、声をかけてきた。

「承知いたしました……」

ビーナは自分が使った杯に、ふたたび水を注いだ。

そしてベッドへと運び、パヤートに手渡そうとしたが、ふと思いたって、水を口に含んでみた。そして唇を重ね、口移しで飲ませてみる。

パヤートが嫌がる様子はなかった。ビーナの腰に手を回し、抱き寄せようとしてくる。

ビーナはベッド脇の棚に水がまだ残った杯を置いてから、身体に巻いていた織物を外した。そしてパヤートに裸身を預けてゆく。そのまま重なるようにベッドに倒れ、長い口づけをかわす。

「ザイード殿のことだが、傭兵隊にいるのはやはり危険だと思う」

唇が離れてから、パヤートが言った。

「兄がそう望んだと聞いていますが？」

ザハ族長の近習《きんじゅ》になるとの選択もあったそうだが、実力を示したいと傭兵隊に入ったのだ。

「ザイード殿は焦っておられるのだろう。マーモ王になりたいとの願いを拒絶されたから」

「ディアス陛下が仰《おつしや》ったとおり、虫のいい願いでしたから……」

兄とて、あの願いが聞き入れられるとは思っていなかったはずだ。

「よければだが、第二軍に移っていただけないだろうか？　陛下ではなく、わたしの家臣になっていただくことになるが？」

「ありがたいお申し出ですが……」

ビーナはすこし思案してから首を横に振った。

「傭兵隊にいるほうが、兄は実力を発揮できると思います。きっと手柄を立てるでしょう。そのうえで、この大戦が終わったあと、パヤート様の臣下にお迎えください。兄もそれを望んでいると思います。虫のいい願いかもしれませんが……」

そう言って、ビーナはくすりと笑う。

はっきりとは聞いていないが、兄がなにを目指しているかは想像がつく。そして一緒にフレイムに来たからには、兄を助けると決めていた。

「わたしのほうから、お願いしたいぐらいだ。先程話をしただけだが、ザイード殿には溢《あふ》れんばかりの才能を感じた。将来、わたしの片腕となってくれるだろう」

「もったいないお言葉です」

ビーナは嬉《うれ》しそうに言い、パヤートの胸に顔を寄せ、唇をはわせた。

(あたしはこの方に妃《きさき》として仕える。そして、この方の子を産む)

それが自分の役割だとビーナは心に決めている。

たとえマーモ王家が滅んだとしても、血を残すことができるのだから——

8

「迷いの呪いは解かれたんじゃないのか？」

広大な森のなかをさまよいながら、ライルは声に出して愚痴をこぼした。

だが、その愚痴を聞く者は、側に誰もいない。ノーラとヘリーデは、連れてこなかったのだ。ふたりには二体の魔獣とともに、森のはずれで待ってもらっている。

ここはカノンの北部とアラニアの南西部のあいだに広がる〝帰らずの森〟。永遠の乙女ディードリットを捜すため、この森に入ってから、すでに半月近くが経っている。

ハイエルフがかけた迷いの魔法が解けてから、百年あまりが経っているが、この森は周辺の人々にとってはいまだに禁断の場所となっているそうだ。決して奥へは入ろうとしない。かなりの人数に話を訊《き》いてみたが、永遠の乙女の家がどこにあるかは誰も知らなかった。

人が入らないのに、道があるわけもない。獣道や小川をたどり、永遠の乙女の家を捜し歩くしかなかった。だが、手がかりすら見つかっていない。

永遠の乙女はかつて弦楽器《リュート》を手にロードス中を巡っていたとされる。そして戦の愚かさを伝えるため、魔神戦争、英雄戦争、そして邪神戦争という三つの大戦を謳《うた》った長大な詩を唄《うた》い広めた。〝ロードスの騎士の武勲詩〟は、この三大戦の叙事詩から抜粋されたものだ。

だが、いつの頃からか、永遠の乙女は人々の前に姿を現さなくなったという。その後も目撃談は伝えられているが、信憑性《しんぴようせい》のなさそうなものばかりだ。妖精《ようせい》界に帰ったとの噂すら流れている。

だが、そんな噂を信じる気はなかった。

（ディードリットはロードスの騎士パーンの永遠の伴侶《はんりよ》だ。この世界から去るはずがない）

ライルはそう確信している。

小川や泉の水で喉を潤し、鳥獣を狩り、山菜、茸《きのこ》などを採って腹を満たした。野外での生存術は、光の森と闇の森の双方で身に付けている。帰らずの森は光の森よりも自然の恵みが豊かで、闇の森とは比べものにならないくらい安全だった。たとえ何年でも生きてゆける。

それでも日が経つにつれ、焦りからか心身ともに疲労を感じはじめていた。

考えてみれば、帰らずの森はマーモ島と同じぐらいの広さがある。それを当てもなく捜し回るのは、途方もない作業だ。

単調な森の景色と静寂に包まれていると、徐々に思考が麻痺《まひ》してくる。自分がまるで森の一部となったように、自我が希薄になるのだ。伝承によれば、帰らずの森の呪いに囚《とら》われた人々は時間感覚を失い、歳を取ることもなく何百年も彷徨《さまよ》いつづけたという。

そうだとすれば、自分が森を出たとき、外の世界では何十年と経っているかもしれない。

フレイム王国に統一され、恐るべき圧政が行われている光景がライルの脳裏をよぎった。

ライルは激しく頭を振って、妄想を追い払う。

「永遠の乙女！」

ライルは声をかぎりに叫んだ。

「戦乱の時代がふたたび訪れた。ロードスの騎士が、今こそ求められているんだ‼」

だが、その声は森の木々にこだましながら、吸い込まれるように消えてゆく。

挫《くじ》けそうになる気持ちを叱咤《しった》し、ライルはふたたび森のなかを歩きはじめた――

森の木々のあいだを縫うように延びる小道を発見したのは、その二日後であった。

「獣道かな？」

ライルはひざまずいて地面を調べてみる。左右から一段低くなっているし、小さな木片が敷きつめられていた。

あきらかに人工のものである。この森で暮らしていたハイエルフが使っていた道かもしれない。だが、彼らが妖精界に帰って、百年以上が過ぎている。それでも森に埋もれていないのは、誰かがまだ使っているからだ。

足跡らしきものはない。

「エルフなら、足跡を残さず歩くことができるしな」

ライルは自分にそう言い聞かせ、その小道をたどることに決める。細い糸をたぐるような心許《こころもと》なさはあるが、これを手放すわけにはゆかなかった。

道を見失わないよう、慎重に進んでゆく。

ライルの感覚が狂っていなければだが、小道は東から西へと向かっているようだ。このまま進むと、帰らずの森のなかを流れる二本の大きな河川のどちらかに行き当たるだろう。

「行けるところまで行くしかない」

その日は、日が暮れるまで休みなく歩いた。

夜になると、深い森のなかだけに、ほぼ真っ暗になる。道からはぐれたくないので、ライルは適当な場所で野営することにした。

地面に穴を掘って焚《た》き火を起こし、数日前に狩って保存が利くよう燻製《くんせい》にしておいた兎の肉を、ナイフで削り炙《あぶ》って食べる。そしてヘリーデが持たせてくれた乾麵麭《パン》をひとつ齧《かじ》った。

「甘いな……」

砂糖がたっぷり入っているので、量はすくないが満足感がある。湯を沸かし、調合された薬草茶を淹《い》れた。これもヘリーデが用意してくれたものだ。彼女は魔獣使いであるが、魔獣園の隣にある薬草園で薬草学も習っている。薬草茶は何種類か用意されていて、効用がそれぞれ異なる。今夜は気持ちを落ち着かせるという薬草茶を選んだ。

食事を終えると、ライルは焚き火を消す。完全に火が消えたのを確かめてから、消し炭に土をかけて埋めた。そして手頃な枝が張った木に登る。

枝のうえに横たわり、背負い袋を枕にし、マントに包《くる》まった。このまま朝まで過ごすのだ。地面で寝ているより、安全だからである。

疲れてはいるが、夜はまだ浅いので、すぐには眠れなかった。

ライルは〝ロードスの騎士の武勲詩〟を口ずさみはじめる。今夜は、ロードスの騎士の一行が、ヴァリスに行くため妖精界を通る場面を選ぶ。

森に入ってから、この武勲詩を何度も唄ったかしれない。気が紛れるし、獣よけにもなる。なにより永遠の乙女にこの歌声が届いてくれることを期待していた。

(風の精霊が声を運んでくれるといいのだけどな)

詩を唄っているうち、いつのまにか眠ってしまったようだ。

気がつくと夜が明けていた。

まだ薄暗いが、活動するには支障がない。

ライルは荷物を持って、木から飛び降た。

そして簡単に食事を済ませ、昨日見つけた小道をふたたびたどりはじめる。

ひたすら先を目指す。

そうするうち、ライルは奇妙な気配を感じた。

振り返ると、大型の獣が一頭、自分の後を尾《つ》けている。

狼であった。ライルのあとを、一定の距離を保ちながらついてくる。

「送り狼……」

そんな言葉が頭に浮かんだ。

だが、不思議なことに恐怖は覚えなかった。獲物が足りているかぎり、狼が鉄を帯びている人間を襲うことはない。そしてこの森で獲物が不足するとは思えなかった。

ライルは気にせず、歩きつづける。

だが、時間が経つごとに、狼の数が増えてきた。

今や狼の群れは、ライルを完全に包囲している。視界ぎりぎりのところを、様々な毛色の狼が行き来していた。

ライルの歩みに合わせ、取り囲んでいる狼の輪も移動している。

だが、狼たちが襲ってくる気配はない。

ライルはまるで自分が狼の群れの一員になった気がした。精神状態が普通ではなくなっているのかもしれない。

狼たちの様子が変化したのは昼頃である。

群れの輪が解け、姿が見えなくなった。

それがなにかの合図のような気がして、ライルは立ち止まる。

しばらくすると、ひときわ大きな体軀《たいく》の狼が、一頭だけで小道の向こうから歩んできた。

体毛は褐色だが、木漏れ日を受けたときは金色に輝いて見える。

「おまえが狼王か？」

ライルは狼に向かって呼びかけた。そして大きく息を吸ってから続ける。

「永遠の乙女のもとへ案内してほしい」

なぜ、そんなことを言ったのか、ライル自身にも不思議だった。

狼たちに襲ってくる気配が感じられなかったこともある。狼が一頭だけで進みでてくるのも普通ではない。

誰かの意志を感じたのだ。この森で狼たちを手懐《てなず》けている者がいるとすれば、永遠の乙女以外に考えられない。

狼はライルから五歩ほどの距離で止まった。そして値踏みでもするかのように、深い緑色の双眸《そうぼう》を向けてくる。

ライルは狼の目を真っ直ぐに見つめ返した。

息をすることすら忘れ、ライルは狼の視線を受け止める。

しばらくして、狼が鼻面をくんと動かしたように見えた。そして、くるりと方向を転じる。

　ライルは溜《た》まっていた息を吐くと、狼の後に続いた。

　そして狼に導かれるように、ライルは森の小道をさらに進んでゆく。

　いったいどれだけ歩いたことだろう。いつのまにか森は闇に包まれていた。そして狼王の姿が闇のなかへと消える。

　だが、ライルがあわてることはなかった。正面に微《かす》かな明かりが見えていたからである。

　明かりに向かって進んでゆくと、弦楽器《リュート》の音が漏れ聞こえてきた。

　その瞬間、ライルは自分のなかでなにかがぷつりと切れるのを感じる。そしてその場でぱたりと倒れた。

9

　暖かなものに包まれている感触を覚えながら、ライルは目を覚ました。

　かすむ視界の先に、丸太を組んだ見慣れぬ天井がある。あわてて跳ね起きると、そこはベッドの上だった。毛布がかけられているが、身に着けているのは下着だけ。

「ここは？」

　つぶやきながら、ライルは辺りを見回す。

ベッドがふたつあるだけの小さな部屋だった。硝子《ガラス》窓からは穏やかな陽光が差し込んでいる。鳥のさえずる音が、どこからか聞こえていた。

混乱している記憶をたどってみたが、倒れる前の出来事が夢か現実か、もうひとつはっきりしない。

「オレは狼王に導かれて……」

夜になり、狼の姿が消え、代わりに明かりが見えたのである。そして弦楽器《リュート》の音が聞こえてきた瞬間、意識を失ったのだ。心身の疲労が限界を超えていたのだろう。

「目が覚めた？」

扉が開く音がしたかと思うと、透き通るような声が聞こえてくる。

振り返ると、小柄な女性の姿があった。

長く真っ直ぐに流れる金色の髪、肌は白雪のよう。細面で、顎《あご》は鋭角を描いている。鼻はすっきりと筋が通り、薄い唇は艶《あで》やかな薔薇《ばら》色だった。眉《まゆ》は細筆で線を引いたようで、切れあがった目には澄みきった森の泉のような青い瞳《ひとみ》が輝いている。そして笹の葉の形をした長い耳。

「永遠の乙女ディードリット……」

ライルは呆然《ぼうぜん》と声を洩《も》らす。

「肖像画のとおりだ……」

「あなたは誰？」

ディードリットが静かに訊《たず》ねてくる。

「申し遅れました！」

ライルは我に返ると、床に降りて畏《かしこ》まった。

「オレ、いや、わたしはマーモ王国の第四王子ライルと申します」

「マーモの王子？　じゃあ、スパークと小さなニースの……」

「はい！　曾孫《ひまご》になります」

次兄アルシャーがリーフやゼーネアと話すときのように声がうわずる。

「服を持ってくるわ。もう乾いているはずだから」

ディードリットがそう言って、扉の向こうにもどっていった。

その言葉で、ライルは自分が下着姿であったことを思い出す。あわてて毛布を身体に巻きつける。

ディードリットはすぐにもどってきた。

そしてライルに服と下着を渡すと、ふたたび扉の向こうへと消えてゆく。

「着替えたら、あちらの部屋に来て」

扉が完全にしまってから、ライルは下着を替え、シャツとズボンを身に着けた。

それから、くしゃくしゃの髪をできるかぎり整えて扉を開く。

その部屋には食卓があり、食事と飲み物が置かれていた。

ライルは昨日、ほとんど食事を摂《と》っていなかったことを思い出す。胃袋が動きだし、奇妙な音が鳴った。

「し、失礼を……」

ライルはディードリットに詫《わ》びる。

「粗末な食事だから、王子様の口に合うかわからないけれど」

「い、いいえ、わたしたちも普段の食事は貧しいものです」

ライルはあわてて言うと、急いで食卓に着く。

麵麭と生野菜に卵料理、それに燻製された川魚などが並んでいる。そして林檎《りんご》の果汁。手元には木製のナイフとフォークが置かれていた。

「召し上がれ」

ディードリットが静かに言い、向かいの席にふわりと座る。

ライルはうなずくと、料理に手をつけていった。

素朴な味付けだったが、材料が新鮮なのと空腹なので、どれも美味《おい》しく感じられる。あっという間にたいらげた。

「足りないかしら？」

ディードリットが訊ねてくる。

「い、いえ、十分です……」

ライルは首を横に振り、食事の礼を言う。

「昨夜は、いろいろご迷惑をおかけしたことと思います」

ディードリットは意識を失った自分を、この家に運んでくれたのだろう。そしてベッドに寝かせてくれたのだ。

この美しいエルフ女性に運ばれている自分を想像すると、恥ずかしさのあまり身悶《みもだ》えしたくなる。

「迷いの呪いは解かれたけれど、この森はまだ危険な場所。早々に、お帰りなさい」

ディードリットが無表情に言う。

「そうはゆきません！」

ライルはあわてて答えた。

「ロードスは今、ふたたび戦乱の時代に突入しようとしています。フレイムの新王が六王会議の誓約を破り、全ロードスを征服しようとしているのです」

「知っているわ……」

ディードリットはぽつりと答えた。長い耳がわずかに垂れる。

「フレイム軍はアラニア西端の街ソーグを攻め落とし、ノービスを包囲している。城壁を挟んでの攻防が今も続いているはず」

「戦はもう始まっていたのか！」

ライルは衝撃を覚えた。

「平和はとうとう破られてしまった。百年という年月は人間にとっては十分に長いけれど、誓約された千年には遠く及ばない」

「ひとりの男の野心のせいです」

ライルの語気がつい荒くなる。

「そうかしら？」

ディードリットが冷ややかに言った。

「フレイムは、貴族や騎士、いえ民ですら、心のどこかで新王と同じ気持ちを抱いていたはずよ。今のフレイムなら、ロードスを統一することができる。千年の平和をかなえるなら、ロードスをひとつにするほうがいいとね」

「そうかもしれません……」

ライルは唇をかむ。

国内に反対の声が大きければ、フレイム王とて考えを改めたかもしれない。

「ですが、他国を征服して、ロードスをひとつにするなんて間違っています。五国で連合し、フレイムの暴挙を止めなければなりません。だから、ここに来ました。永遠の乙女ディードリット、どうかフレイムと戦う国々に力をお貸しください。あなたが味方になってくだされば、正義がこちらにあると示せるのです。五国の団結は強固となり、ロードスのすべての民が呼応して立ち上がるでしょう」

ライルはなかば身を乗り出しながら言った。

「それはできない……」

ディードリットがゆっくりと首を横に振る。

喜んで引き受けてくれるものと思っていただけに、ライルはひどく落胆した。だが、このぐらいで引くわけにはゆかない。

「理由を教えていただけませんか？」

ライルは椅子に座りなおしてから、訊ねた。

「それでは、ロードスの騎士が死んでしまうからよ」

ディードリットがため息まじりに答える。

「どういう意味でしょう？　パーン卿《きょう》はすでに亡くなられているはずでは？」

「ええ、あの人はもうこの世界にはいない……」

そう言って、ディードリットはうなだれた。

「心のどこかで、死ぬときは一緒だと思っていたのだけどね。だって、あの人はいつも無茶ばかりしていたから」

「パーン卿はいかなる苦難も乗り越えられました」

「仲間がいたからよ。それと運があったのでしょうね……」

ディードリットが顔をあげ、今度は遠い過去に思いを馳《は》せるように目を閉じた。

「大戦が終わって、ロードスが平和になると、わたしたちの日々は、それまでが信じられないぐらい穏やかになった。とても幸せで、こんな時間が永遠に続けばいいと、わたしは願った。でも、あの人は一年ごとに年老いてゆき、晩年はこの森を出ることもなくなった。そしてある朝、あの人が目覚めることはなかったの。先に旅立った友人たちのもとへと静かに去っていった」

「ロードスの騎士は、自分の順番が来るまで、充実した日々を過ごしたんだな。こう言ってはなんですが、羨《うらや》ましいぐらいの最期だと思います」

不謹慎とは思いながらも、ライルは素直な気持ちを伝えた。

「あの人がいなくなってから、もう何年が過ぎたかしら？　数える気もしない。わかっていることは、あの人のいない日々がこれからもずっと続いてゆくこと……」

ディードリットが目を開き、テーブルの木目を指でなぞる。

「もしかして、あなたはご自分の永遠の生命を呪っておられるのですか？」

不安にかられ、ライルは思わず訊ねた。

「あの人が亡くなってしばらくはそう思った。だけど、今はむしろ祝福だと思っている。だって、あの人のことを、ずっと覚えていられるから。こうして誰かに語ることもできるしね」

ディードリットが答えて、微笑を浮かべる。

それを聞いて、ライルはほっとした。ロードスの騎士と永遠の乙女の伝説が悲劇で終わってほしくない。

(男にとって、理想かもしれないな。自分が愛した女性が永遠に生きて、自分のことをずっと覚えていてくれる、そしてそれを幸せだと言ってくれるんだから)

エルフやダークエルフは人間と違って、あまり心変わりすることがないと聞く。もっともそのせいで、マーモでは両者は今も不仲なわけだが。

「ロードスの騎士がいない今、あなたにその代わりをしていただくしかないのです。ロードスの平和を守るため、どうか力を貸してください」

ライルは話をもどし、深々と頭をさげた。

「わたしはあの人の代わりにはなれない。いえ、なってはいけないの」

ディードリットがふたたび首を横に振る。

「できます！　あなたはロードスの騎士が愛した永遠の乙女なのだから!!」

ライルは顔をあげ、身を乗り出して必死に訴えた。

「わたしはただあの人の側にいただけよ。あの人に興味を覚えたから、一緒に旅をした。あの人が戦うから、わたしも戦った。あの人を愛したから、ずっと暮らしつづけた。ロードスの平和を守りたかったわけではない」

「ロードスがどうなってもいいと？」

「まさか……」

ディードリットの表情が一瞬厳しくなる。だが、すぐに柔和な表情になり、なにかを抱くように胸の前で両手を広げた。

「あの人とわたしには子供ができなかった。だから、あの人が愛したロードスを、この島の人々を、わたしは子供のように思っている。もちろん、平和が続くことを祈っていた。だから戦の愚かさを語り、あの人や、その時代の人々がどれほどの苦労をして平和を守ったかを唄《うた》い広めた。それが、わたしの役割だと思ったから。だけど、わたしがもしひとりで人々の前に姿を現したとしましょう。それはロードスの騎士がもはやいないと宣告するようなもの。それでは、あの人の伝説が死んでしまう」

「パーン卿の伝説が死ぬ？」

ライルはディードリットの言葉を繰り返してみる。

すこし考えただけで、その意味は理解できた。

（永遠の乙女だけでは駄目なんだ。パーン卿のような本物の英雄が現れないと、人々は立ち上がってくれない）

だが、そんな英雄が、都合よく現れるとは思えない。

（どうすればいいんだ？）

ここに来たことが、永遠の乙女に出会えたことが、無駄だとは思いたくない。

ライルは必死になって考えた。

だが、なにも浮かんでこない。

手がかりを求めて、ロードスの騎士の武勲詩の節々を頭のなかで思い返してみる。

パーン卿の最初の冒険は、故郷の村ザクソン近くに棲《す》みついた赤肌鬼《ゴブリン》との戦いだった。危険を訴え、共に戦うよう村人たちを説得したが、立ち上がる者が誰もいない。しかたなく親友でありファリスの神官戦士であったエトとふたりだけで退治に出向いた。しかしゴブリンの数が予想外に多く、瀕死《ひんし》の重傷を負ってしまう。

危ういところを助けたのは、後に仲間となる魔術師のスレインとドワーフ戦士のギムのふたりだ。

（パーン卿だって、最初から勇者だったわけじゃない）

その後、パーン卿はエト、スレイン、ギムの三人とともに旅に出る。そして目の前にいる永遠の乙女ディードリット、盗賊のウッド・チャックと出会うのだ。

その後、パーン卿は運命に導かれるままロードス各地を流転する。ヴァリスに仕えたことがあるものの、ほとんどの時期、彼は自由騎士として自分の信念に従い、行動した。そして彼は今の六王国のすべての地で比類ない武勲をあげ、ロードスの騎士の称号を得たのだ。

(パーン卿は無敵の戦士だったわけでもない)

捕らえられたこともあるし、一騎打ちで敗れたこともある。

パーン卿がロードスの騎士となれたのは、危機を感じたとき、最初に立ち上がり、行動しつづけ、最後までやり遂げたからなのだ。

(最初に立ち上がるには勇気がいる。行動しつづけるには信念がいる。最後までやり遂げられるかどうかはやってみないとわからない……)

そのときライルの心のなかでなにかが閃《ひらめ》いた。

「だったら、オレだってロードスの騎士になれるんじゃないのか?」

ひとりごとのようにつぶやいてみる。

言葉にしてみると、不思議なぐらい気持ちが整理されていった。

「それは、どういう意味?」

ディードリットが訊《たず》ねてくる。細剣の切っ先のように視線が鋭い。

「い、いえ……」

永遠の乙女を怒らせたかもしれないと、ライルはすくなからず動揺する。

とりあえず、ひと呼吸して、心を落ち着かせた。そして心に浮かんできた言葉を口にしてゆく。

「パーン卿の代わりになれると思ったわけではありません。ただ、あの方の意志を継ぐことならできるのではないか、と。伝説には、この島がふたたび戦乱の時代になったとき、ロードスの騎士はかならず現れると謳《うた》われています。それは誰かではなく誰でもいいし、何人いたってかまわない。だったら、オレがロードスの騎士を名乗って、最初に立ち上がってもいい。人々には道化と嘲《あざけ》られるかもしれません。だけど、同じ志を抱く者はきっといる。そして真の英雄は、本物のロードスの騎士は、そのなかから現れる」

ディードリットは、ライルが語るのを黙って聞いていた。

「あなたには、ロードスの騎士を名乗る覚悟がある？　口で言うほど簡単ではないのよ？」

ディードリットが静かに訊ねてくる。青い瞳《ひとみ》がライルの心の奥底を見透かすように向けられていた。

「あります！」

ライルは即答する。

「オレたちマーモの王族は、物心がつくと、いちばん最初にそれを教えられますから」

「そうね、あなたは半月ものあいだ、わたしを捜してこの森をさまよっていた。狼の群れに囲まれても、すこしも怯《おび》えなかった。わたしを見つけるまで帰るつもりがないのは明らかだった。だから、会うことにした……」

ディードリットが微笑を浮かべた。

永遠の乙女は、ライルが森に入ったときから気づいていたのだ。

「そして、あなたはわたしが求めていた答をくれた。だったら、わたしも手伝わないわけにはゆかないでしょうね」

「えっ？」

ライルは戸惑う。

「あなたと一緒に行くことにするわ。わたしが隣にいれば、すこしは役に立つこともあるはずだから」

「すこしどころか！」

ライルは感極まって、椅子を蹴《け》るように立ち上がり、身体を折るように一礼した。

「ありがとうございます、永遠の乙女！」

第三章　カノンの内乱

RECORD OF LODOSS WAR

1

ノービスの街は、アラニア第二の都市である。交通の要衝であり、東西南北の四方向に街道が延びていた。

城塞《じょうさい》化されたのは、三百年以上も前。その当時、蛮族と呼ばれていた砂漠の民の略奪から街を守るためである。その後、街が発展するにつれ、新たな城壁が築かれてきた。街の中心からもっとも新しい城壁である外郭まで、三つの内郭をくぐらねばならない。

外郭が築かれたのは、およそ三十年前である。フレイムとのあいだで領土問題が起こり、両国の関係が悪化しはじめた頃だ。

その外郭を今、ザイードは見つめている。距離はかなり離れていた。弓矢どころか、投石機の攻撃すら届かないだろう。そんな距離からでも、城壁の高さがはっきりとわかる。

「巨人が攻めてくるとでも思っていたのか？」

ザイードは苦笑まじりにつぶやいた。

「また城門突破を命じられたりしないよね？」

ザイードの右隣に立つテューラが表情を強張《こわば》らせながら言う。

「そう願いたいな。強攻してどうにかなるような城壁ではない。包囲して補給を断つのが正攻法だが、さて、あの城塞都市の備蓄が尽きるまでどのくらいかかるか……」

「長期戦になると、攻撃側のほうが消耗しますからな」

ザイードの背後に控えていたラジブ司祭がそう言いながら、左隣に進みでてくる。

「ザイード！」

そのとき、グラーフ隊長が遠くから呼びかけてきた。

「どうしました？」

隊長が来るのを待って、ザイードは訊ねる。

「軍議が終わった。第二軍が北門と西門、第三軍が南門。我が傭兵《ようへい》隊はノービスの東門近くに砦《とりで》を築いて、王都アランからの敵の補給を断つのが任務だ」

グラーフ隊長は憮然《ぶぜん》とした顔をしている。軍議の決定に納得していないのだろう。

「砦を……」

ザイードは顎《あご》に手をかけ、しばらく考え込んだ。

「ノービスにはすくなくとも一万の敵兵がいます。強襲されたら厳しいですね。アラン方面から増援が来る可能性もある」

「そのときは第三軍が援軍に来てくれる。それまで持ち堪《こた》えろとのことだ」

「むしろ、それがザハ様の狙いかもしれません。敵軍が傭兵隊の砦に攻めこんできたところを野戦で撃破したいのでしょう」

傭兵隊の砦は、敵を釣りだすための餌ということだ。

ヘヴン侯ザハが率いる第三軍は騎兵が主力である。攻城戦では活躍の場がない。それゆえ考案した作戦だろう。

ヘヴン侯にとっては、砂漠の部族こそがフレイム軍の中核でなければならないのだ。

「砦が完成するまでは第三軍が護衛してくれる。そのあいだ、第二軍は攻城兵器を組み立てる手筈《てはず》だ」

隊長はため息まじりに言う。

攻城戦が予想されたので、この遠征には大量の攻城兵器を分解して運んできている。

「第二軍が北と西から攻城兵器で攻撃。第三軍は南の街道を封鎖しつつ、傭兵隊と第二軍の援護を機動的に行うといったところですか？」

「そのとおりだ……」

隊長が感心したような顔をした。

「この作戦、おまえはどう思う？」

「狙いは悪くありませんが、うまくゆくかどうかは我が軍の連携しだいでしょう」

ノービスの街は広い。

補給を断つためには、東西南北の街道を封鎖する必要があるから、軍団を分散させるのはしかたがない。だが、各軍が緻密《ちみつ》に連動しなければ、各個撃破してくれと言っているようなものだ。

ザイードは周辺を見回してみる。

ノービス近郊の土地は緩やかに起伏しており、農園や林が入り組んでいた。大小の川が蛇行し、小道が細かく枝分かれしている。

（平坦《へいたん》に見えるが、視界はかなり制限されている）

敵が籠城《ろうじょう》すると安易に決めてかかると、思わぬ落とし穴にはまるかもしれない。

「猟兵隊に、周辺を偵察させてくれませんか？」

ザイードは隊長に提案した。

「その任務、おまえに指揮を任せていいか？」

隊長がにやりとする。

「オレは剣で戦うのは好きだが、軍略などはまるでわからんのでな」

「承知です……」

ザイードはうなずいた。

隊長は最初からそれを期待していたのだろう。

「わたしにとって、軍学は趣味のようなもの。どこに行っても、どう攻めるかどう守るかばかり考えていますから」

悲鳴のような声が聞こえた気がして、ビーナは目を覚ました。

フレイム第二軍の本陣にあるヒルト公パヤートの天幕である。ノービスを包囲して七日目の夜であった。

天幕のなかは、ランプの灯火《ともしび》で淡く照らしだされている。

フレイム軍第二軍は、ノービスの街の西門と北門にかけ、複数の陣地を敷いていた。本陣は西門から延びる街道沿いにある。

「パヤート様……」

ビーナは上体を起こし、隣に寝ているパヤートの顔を見つめる。

パヤートの目は開いていた。

ふたりきりのときには見たこともない厳しい表情である。

パヤートは無言のまま立ち上がり、衣服を身に着けた。

それを手伝ってから、ビーナも服をまとう。短刀を帯に差し、新月刀を持つ。

「何事か？」

　パヤートが天幕の入口に近づき、警護の騎士に声をかけた。

「敵襲のようです。外にはお出にならないように」

「大軍か？」

「いえ、少人数です。林から陣地に近づき、見張りを狙撃し、篝火《かがりび》を打ち倒しています。それと攻城兵器に火をかけられました」

「そうか……」

　パヤートがうなずく。

「伝令を出し、各隊に持ち場を離れぬように伝えろ。下手に動くと、同士討ちになる。それと、ここを狙ってくるかもしれん。しばらくのあいだ、誰も近づけるな。離れようとしない者は容赦なく斬れ」

「承知しました」

　警護の騎士が答えた。

「林から森林騎士らの狙撃。混乱した隙を突き、攻城兵器に火をかける。だが、敵の本当の狙いはわたし。襲撃してくるのは魔法騎士……」

　パヤートがつぶやいた。

「おわかりになるのですか？」

ビーナは驚く。

「三日前に、ザイード殿から警告を受けたのだよ。アラニア軍が遊撃戦をしかけてくるかもしれないとね」

「兄上らしい……」

ビーナはつい笑ってしまった。

「おそらく、付近一帯を調べまわったのでしょう。そしてフレイム陣をどう攻めるか考え抜いたに違いありません」

「わたしを討ち取れば、アラニアのみならず、他の国々の士気があがるだろうな」

パヤートがそう言って、薄笑いを浮かべる。

「わたしがお守りいたします」

ビーナは微笑んだ。

マーモの王族は、女も武術を習う。姉のイリサとは比較にならないが、弟のライルにはまだ三本に二本は取れる。

「それは心強い……」

パヤートが笑いながらうなずいた。

「だが、大丈夫。わたしとて、そう容易《たやす》く討たれはしない」

やがて、天幕の外が騒がしくなる。

警護の騎士たちが誰かを制止する声がしたかと思うと、激しい金属音が響きだす。

戦いがはじまったようだ。

だが、パヤートは外に出ない。警護の騎士たちを信じているのだろう。

そのとき、背後でいきなり爆発音が起こり、天幕の奥で炎が膨れあがった。

「火球《ファイアボール》の呪文《じゅもん》……」

熱風が吹き寄せ、反射的に顔を手で覆いながら、ビーナはつぶやいた。入口近くにいたのが幸いし、熱や衝撃はさほどでもない。

だが、天幕に火が点《つ》き、燃え広がっている。火を消す余裕などはない。

「パヤート様、ご無事ですか？」

警護の騎士の焦った声がかけられる。

「怪我はない。だが、天幕が燃えはじめている。出るぞ」

「敵がまだ残っていますが？」

「かまわん」

「承知！」

警護の騎士が応じ、天幕の入口が開かれた。

パヤートが外に出て、ビーナも続く。

警護の騎士らがフレイムの兵士の姿をした者たちと斬りあっている。敵の数は二十人ほど。手にしている刃には魔力が付与されているらしく、青白く輝いていた。

パヤートは状況を見極めてから、躊躇《ちゅうちょ》なく斬りこんでゆく。

またたくまにひとりを斬り伏せ、ふたりめと斬り結ぶ。激しく剣をひらめかせ、三撃めで首筋を切り払った。断末魔の悲鳴と鮮血を迸《ほとばし》らせて、敵は倒れる。

「強い……」

パヤートが鍛えているのは、彼の肉体を誰よりも知っているので、ビーナにはわかっていた。だが、予想を遥《はる》かに超える見事な剣技である。

そのとき、燃えあがる天幕の陰から、ひとりの男が飛びだしてきた。そして古代語の呪文を詠唱しはじめる。男の視線はパヤートに向けられていた。火球の呪文で天幕を焼いた魔術師かもしれない。

「させない！」

ビーナは全力で走り寄ると、呪文が完成する直前に新月刀を抜き打つ。

「ちっ！」

魔術師は呪文を中断して、避けた。そして腰に帯びた小剣を抜く。戦士としての訓練も積んでいるようだ。

（これが魔法騎士……）

アラニアにはもともと〝賢者の学院〟と呼ばれた魔術師のギルドがあった。アラニア貴族の子弟がそこで学び、数多くの魔術師を輩出している。

その魔術師らを組織したのが魔法騎士隊だ。賢者の学院は英雄戦争がはじまる前に滅ぼされるのだが、学院出身の魔術師らの私塾がいくつか残り、今も続いていた。

初級から中級の魔術までしか教えていないが、魔法騎士はどちらかといえば武術が主で、魔術は補助的に使う。しかし目の前にいる魔法騎士は火球の呪文を使った。魔術師としての実力は導師級ということだ。もしかしたら、この襲撃隊の隊長かもしれない。

「よくも邪魔を！」

魔法騎士がそう言いざま、小剣を突きだしてくる。

ビーナは身体を素早く一回転させながら、横にステップをした。そして遠心力をつけた刃で横切りに首を狙う。

「うおっ！」

魔術師は虚を衝《つ》かれたようだが、からくも小剣で受け止めた。そして力で押し返してくる。

力では敵《かな》わず、ビーナは弾《はじ》かれ、上体が仰《の》け反った。

「死ね！」

その隙を狙い、男が小剣を突きだしてくる。

ビーナはさらに大きく身体を仰け反らせ、その突きを避けた。身体の柔軟さなら、姉イリサにも勝る。顔のすぐ上を刃が通り過ぎていった。

渾身《こんしん》の突きが空振りし、魔法騎士が前によろける。

ビーナは身体を起こしざま、その反動を利用し、袈裟懸《けさが》けに斬り下ろした。

たしかな手応《てごた》えがあり、首のつけ根に新月刀の刃が食いこむ。その刃を力いっぱい引くとおびただしい血飛沫《ちしぶき》が散った。

魔法騎士は白目を剝《む》いて背中から倒れる。

ビーナは相手の喉に躊躇なく新月刀の切っ先を突き入れた。姉イリサから、かならずとどめを刺すよう厳しく教えられている。そのおかげか、身体がほとんど自動的に動いた。

「パヤート様！」

ひと息ついてから振り返ると、戦いはすでに終わりかけていた。

襲撃者の生き残りは警護の騎士たちに取り囲まれ、反撃する余力も残っていないようだ。

「降伏するのだな」

パヤートが静かに呼びかける。

「アラニアに栄光あれ！」

生き残りのひとりがそう叫び、自らの剣で喉をついた。

他の襲撃者も、次々と自害してゆく。

「死を覚悟で襲ってくるとは、なかなかの忠誠心だな……」

パヤートがビーナのもとにもどってきて、足下に倒れている魔法騎士をちらりと見下ろす。

「危ないめに遭わせてすまなかった」

「いえ、こういうときのため、幼い頃から鍛えられてきましたので……」

ビーナは首を横に振った。

「それにしても見事な手際。アラニア、なかなか侮れませんね」

ビーナは振り返り、夜空を焦がさんばかりに燃えあがっている天幕を見つめる。

「まったくだ。ザイード殿から警告を受けていなかったら、もっと深刻な被害が出ていただろうな。感謝しなければ」

パヤートが言って、ビーナの肩に手をかけてくる。

ビーナは目を閉じると、パヤートに身体を預けた──

第二軍の本陣が夜襲を受けたと聞いて、ザイードはグラーフ隊長に許可をもらい、傭兵《ようへい》隊の陣地から駆けつけてきた。

テューラとラジブ司祭にも同行してもらっている。

第二軍は夜襲の後始末の最中で、騎士、兵士らは皆、殺気だっていた。ラジブ司祭がいなかったら、不審者として捕らえられたかもしれない。

ザイードは妹ビーナの姿を捜す。

しばらくすると、焼け崩れた天幕から荷物を持ち出している妹を見つけた。

「ビーナ！」

ザイードは妹に駆け寄る。

「ザイード兄さん！」

ビーナが振り返る。驚いた顔をしていた。

「無事でよかった」

ザイードは安堵《あんど》の息をつく。

「あたしは大丈夫。すこし眠いだけ」

ビーナが笑顔でうなずいた。

ザイードは妹の頭から足までざっと調べる。怪我はなさそうだが、服に赤黒い染みが飛び散っていた。

「その染みは血か？」

「返り血よ。パヤート様に魔術を使おうとした魔法騎士を斬ったの」

「危ないことを……」

ザイードは顔をしかめる。

「だが、よくやったな。パヤート様にもしものことがあれば大変だった」

ちょうどそのとき、妹の肩越しにヒルト公パヤートが数人の護衛の騎士とともに近づいてくるのがザイードの目に入った。

おそらく陣地を巡察して、もどってきたのだろう。

パヤートのほうもザイードに気づいたらしく、急ぎ足で近づいてくる。

「ご無事でなによりです」

ザイードはヒルト公に一礼した。

「警告していただいたのに、この様です……」

パヤートが苦笑する。

「犠牲者は騎士、兵士あわせ百名ほど。攻城兵器の大半も燃やされてしまいました」

「そうですか……」

ザイードはため息をついた。

「攻撃の開始が遅れますね」

攻城兵器がなければ、ノービスを攻略するのは不可能だ。このまま包囲を続けるしかない。

「長期戦はもとより覚悟のうえです。百年前、フレイムがこの街を攻め落としたときには時間がありませんでした。それゆえ強攻をしかけ、莫大《ばくだい》な犠牲を出しています。同じ轍《てつ》を踏むつもりはありません」

パヤートが意外にも平然と言う。

「ですが、長引けば、敵の援軍が来るかもしれません。わたしの母国マーモはその準備を進めております。カノン軍と合流し、いずれここへと向かってくるはず」

ザイードはパヤートの反応をいぶかしく思った。援軍に包囲陣の背後を突かれたら厳しいはずなのだ。

「カノンとマーモは来ないでしょう」

パヤートがそう言うと、南の街道のほうに視線を向けた。

「なぜ、そうと？」

ザイードは訊《たず》ねる。

「ディアス陛下が密使を送ったのは、マーモだけではないということです……」

パヤートが淡々と答えた。

「すべての国の有力貴族に味方するよう誘いかけています。誓約の宝冠の魔力が及ぶのは王だけですから」

「なるほど」

ザイードはうなずいた。

諸国の貴族らが、それぞれの王に忠誠を尽くすとは限らないということだ。おそらくフレイムに味方すると約束した者がいるのだろう。王と貴族、騎士の主従関係は本来、強固なものだ。それが揺らいでいたとすれば、百年の平和のせいかもしれない。

「むしろ援軍が来るのは我が軍のほうです……」

パヤートが続けた。

「昨日、ディアス陛下から使者が来ました。最新式の攻城兵器が完成し、ブレードの街を発《た》ったとのことです」

「最新式の攻城兵器？　それでは昨夜、燃やされた攻城兵器は？」

「すべて旧式のものです。分解されたまま長らく放置されていたのを、持ってきました。あの城壁を見るかぎり、ノービスを攻略するには威力不足だったかもしれません。燃やされましたが、敵の手の内がわかっただけでも、役に立ったというべきでしょう」

「そうでしたか……」

ザイードは苦笑を漏らす。

「わたしが進言するまでもなかったようですね」

おそらく、ディアスの親征は最初から決まっていたのだろう。対アラニア戦で、最大の難関がノービス攻略なのは明らかだ。そしてアラニアがノービスの城壁を強化したように、フレイムもその対抗策を用意していたのである。

「いえ、魔法騎士が死を覚悟してまで、わたしを狙ってくるのは予想していませんでした。警護の騎士を増やしたのが幸いしました。それでもビーナを危険な目に遭わせてしまいましたが……」

パヤートの声は静かだったが、怒りもうかがえた。

妹を大事に思ってくれているからだろう。

(ヒルト公が無事でよかった)

ザイードは心の底から思う。

この大戦が長引けば、無駄な犠牲が増える。そしてザイードが目指すマーモの未来のためにも、ヒルト公は欠かせない人物なのだ。

2

大地母神マーファ大神殿の白い大理石の柱や壁が、初夏の日差しに眩《まばゆ》く輝いている。神殿の背後には蒼天《そうてん》を嚙《か》み砕こうとする牙《きば》のように白竜山脈の高峰が連なっていた。

足下の大地は緑の絨毯《じゆうたん》を敷きつめたようで、見たことのない花がそこかしこに開いている。遠くの斜面では、放牧されている山羊《やぎ》の群れがゆったりと若草を食《は》んでいた。街道沿いや集落の周囲には、樹木が規則的に植えられ、針のような葉を茂らせている。

「なんという美しさだ……」

マーモ王家の第一王子にして元皇太子であるクリードは感嘆の声を洩《も》らす。

クリードはこれまでもたびたびマーモを出奔し、ロードス各地を訪れている。この地にも前々から来たいと思っていた。それがようやく叶《かな》い、そして予想以上に美しい光景を目の前にして、魂が震えるような歓喜を覚えている。

姉ローザとともにマーモを発ってから、すでにひと月あまりが経っていた。ウィンディスの街からアラニアの港街ビルニまで商船に便乗し、そこからは山間の街道を登り、ここターバの村までやってきたのである。

（このまま白竜山脈へと登り、伝説の氷竜ブラムドを見たいところだ）

クリードは思う。

ブラムドの棲《す》み処《か》はマーファ教団によって禁断の地とされているが、「欲するところを為《な》す」ことを教義としている暗黒神ファラリスの神官であるクリードにとっては、なんの制約にもならない。だが、姉ローザに迷惑が及ぶのは、クリードの望むところではなかった。

その姉は今、マーファ大神殿で最高司祭ウルスラと話をしている。クリードが同席できるわけもなく、ターバの村のはずれで、こうしてひとり風景を眺めていたのだ。

そのとき、後方で人が歩いてくる気配を感じた。

視線を向けると、神殿へと続く小道を若い娘が歩いている。純白の神官衣をまとっているが、マーファのシンボルは刺繍《ししゅう》されていない。見習いか、あるいは神殿で奉仕活動している近隣の村娘かもしれない。

「巡礼の御方ですか？」

近くまで来ると、娘はしばらく立ち止まり、それから声をかけてきた。

「いえ、主《あるじ》の付き添いで来ました。今は主が所用中なので、こうしてひとりで景色を眺めていたところです」

「そうでしたか。おひとりで神殿を眺めておられるので、どうしたのかと……」

「連れ合いを亡くしたのではないかと、心配いただいたのですね？」

クリードは微笑する。

「恐れながら……」

娘が恥ずかしそうにうなずいた。

マーファは結婚の守護女神であり、この地にはロードス全土から若い男女が祝福を授かるため訪れる。男がひとりで神殿を眺めて物思いに耽《ふけ》っていたら、連れ合いを亡くし、その弔いのため訪れたと思われてもしかたがない。

「しかしながら、似たようなものかもしれません。わたしは十年以上、ある女性に想いをよせています。ですが、その想いが叶うことは決してありませんので」

「どうしてでしょう？　あなたは、その、とても素敵に見えますのに」

神官が顔を赤らめながら言った。

「あなたのような美しい女性にそう言っていただけるのは、とても光栄です」

クリードはそう返し、娘を見つめる。純朴そうな娘だった。赤い髪を頭の後ろでまとめている。鼻のあたりには雀斑《そばかす》が薄く残っていた。年齢は下の妹ビーナと同じくらいだろう。少女から大人へと移ろおうとしている時期だ。

「そんなに見ないでください……」

娘が焦ったように言い、クリードの視線から逃れるように顔を伏せる。

「これは失礼いたしました」

クリードは娘に詫《わ》びた。

「いえ、謝っていただくことでは……」

娘があわてて顔をあげる。そして今度は彼女のほうから、クリードを見つめてきた。

「まだ、お時間はおありですか？」

娘がすこしためらってから訊ねてくる。

「ええ、もうすこし、この辺りを散策するつもりでした」

クリードは答えた。

「でしたら、近くに美しい滝がありますので、ご案内しましょうか？」

娘が早口に言う。

「それは、ぜひ見てみたい。しかし、よいのですか？」

「今日の務めは夕方からなので。それまでなにをしようかと悩んでいたぐらいです」

娘が嬉《うれ》しそうにうなずいた。

「それでは、お言葉に甘えるとします」

クリードは娘に一礼する。

（恋に憧《あこが》れる年頃か……）

この後、この娘とどうなるか、クリードには予想がついていた。

クリードはなぜか女性のほうから誘いを受けることが多い。

邪眼でも持っているのか、あるいはなにかの呪いかとすら思う。この呪いゆえ、愛する女性とは決して結ばれない運命なのかもしれない。

だが、女性の誘いを拒んだことはない。暗黒神ファラリスは欲望に忠実であることを望んでいるからだ。


ウィンディスのマーファ神殿の司祭であるローザは、マーファ教団の最高司祭ウルスラと向かいあっていた。

ここは最高司祭の私室であり、他に人はいない。最高司祭が人払いをしたのだ。

ウルスラは齢《よわい》五十を過ぎている。三十年ほど前には栗色だった髪は白くなり、艶《つや》やかだった肌には皺《しわ》がよっていた。

その顔には、深い苦悩の表情が浮かんでいる。彼女はローザの顔を見つめては、何度もため息をついた。

型通りの挨拶《あいさつ》をかわしたあと、ローザは最高司祭がなにか言うのを待っている。

だが、ウルスラはなかなか話を切りださない。

「言いたいことがあれば、はっきりと仰《おっしゃ》ってください」

しかたなくローザのほうから促した。

「口にしたくもないことを、わたくしに言えと仰るのですか？　ニ、ニース王妃、、」

ウルスラがそう言って、ローザを見つめる。彼女の目には怯《おび》えがうかがえた。

ローザはどう答えるべきかしばらく考える。そして彼女には真実を話すことに決めた。

「お久しぶりというべきかしら？　三十年前、あなたはウィンディスのマーファ神殿の司祭だった。そして、教団からあなたに与えられていた任務は、生まれ変わる前のわたし、マーモ王妃ニースの監視」

ローザは微笑し、両腕を大きく広げた。

「あなたは伝説の聖女ニースの名を受け継ぎ、〝マーファの愛娘《まなむすめ》〟になると期待されていた。しかし、あなたは破壊の女神カーディスを復活させるための〝ひとつの扉〟だった。そしてアラニア建国王が封印したカーディス教団の最高司祭〝亡者の女王〟ナニールの生まれ変わり。邪神戦争はあなたをめぐる戦いであり、そして世界の終末が訪れるところだった」

「魂は選べないのよ」

ローザは苦笑する。

「なぜ、転生されたのです？　あなたはスパーク王の妃として生涯を終えるつもりだと、わたくしに言ってくださったのに」

「そのつもりだった……」

ローザは目を細め、前世の記憶を呼び起こす。

「だけど、わたしが死の床にあったとき、声が聞こえてきたのよ。それはわたしの孫アスランの最初の妃のものだった。彼女は初めての子を出産しようしていた。ひどい難産で、彼女も子供も助からないところだった。彼女は自分の命はいらないから、子供を救ってほしいと、願っていた。そして、わたしはその願いを叶えてしまったのよ」

破壊神カーディスに与えられた転生の秘術を使ってしまったのだ。

マーモの王妃ニースであった記憶を取り戻したのは、七歳のとき。皮肉なことにマーファ女神の声を聞いた瞬間であった。

本来の赤子の魂は今も眠っている。自分が子を産めば、その魂を受け継ぐはずだ。ニースの母レイリアのなかには亡者の女王ナニールの魂が眠っていて、母が子を産んだときナニールの魂を受け継いで生まれたのがニースなのである。

だが、ニースはマーモ王スパークを最後の伴侶《はんりょ》と決めていた。だから、他の男に抱かれる気になれなかったのだ。

「わたくしはあなたを敬愛していました。あなたは世界を救った聖女だから。だけど、同時に恐れてもいました。あなたがふたたび亡者の女王となるかもしれないから。あなたが死んで、わたくしの心はようやく平穏を得たというのに」

「ごめんなさいね……」

ローザは最高司祭に謝った。

「業が深いと、自分でも思う。だけど、転生してしまった以上、しかたない。でも、これだけは誓う。わたしは決して亡者の女王にはならない。ニースとして九十年も生きてならなかったのだもの」

「その言葉を、信じるしかありませんね……」

ウルスラが疲れきった声で言う。

「ありがとう。わたしはマーファの司祭ローザとして、この人生を終えるつもり。だから、今後はそのように扱ってください」

ローザは言って、ウルスラに一礼する。

「わかりました……」

ウルスラはうなずくと、背筋を伸ばした。

「それではウィンディス司祭、ここに来た用件というのはなんですか？」

口調を改め、最高司祭が訊《たず》ねてくる。

「フレイム王ディアスが起こした大戦はあきらかに侵略。教団として反対の意思を示すべきと思うのですが？」

「フレイム王ディアスには戦いをやめるよう申し入れました。ですが、受け入れてはもらえませんでした。もしマーファ教団が戦いに介入するなら、教団を滅ぼすそうです」

「マーファ教団を？」

ローザは驚いた。

大地母神マーファはロードスの守護女神でもある。信者の数は、六大神のなかでも最大であった。

（ディアスという男は、どこまで傲慢《ごうまん》なの）

ローザは怒りを覚える。

「この大戦は、フレイム王と他の国々の王との権力争いにすぎません。教団は関与しないと公会議にて決定しました」

ウルスラが言う。

「侵略を容認するということですか？」

「他の教団とも連絡を取り合って、そう決めたのです。個人として戦に参加するのは、もちろん自由です。ただ、あなただけは自粛していただきたいと思います」

「もちろん、そのつもりです。弟や妹たちは、それぞれの意志で動きはじめていますから」

ローザは彼らを見守ると決めていた。

「ですが、もし、フレイム王が諸国の民とも戦いはじめたとしたら？　それでもマーファ教団は動かないのですか？」

諸国の民が立ち上がり、フレイムの侵略と戦いはじめたら、それは自衛の戦いとなる。

マーファ教団はそれは〝自然〟であると支援してきたのだ。

「そのときが来ないことを願うのみです……」

ウルスラが苦しげに答えた。

「ですが、この大戦はそう長くは続かないでしょう。そしてフレイムの勝利で終わるはずです。ザクソン、ビルニのふたつの街は中立を守ると決めました。北部アラニアはノービスやアランに援軍は送りません。そしてフレイム軍が攻めこんでくることもありません」

「ザクソン、ビルニが？」

「もともと北部アラニアは独立の意志が強く、アラニア王と対立していました。ザクソン侯セシルが治めることで決着がついたのですが、侯爵が王都アランで不可解な死を遂げて以後、ザクソン、ビルニはアラニア王が任じた領主を受け入れず、なかば自治を続けてきました。この大戦がはじまったとき、フレイムに味方しようとの意見もあったようですが、それは自治の精神に反すると退けられたそうです」

ウルスラが答えた。

北部アラニアは英雄戦争でマーモに味方したアラニアの簒奪《さんだつ》王ラスターに反旗を翻し、一時期、独立を宣言している。そのラスターが邪神戦争で倒され、ノービス伯ロベスがアラニアの新王に就いた。ロベスは北部アラニアの支配を強めようと、あれこれ画策したのだが、結果的には失敗に終わったのである。名目上の領主はいるが、領地に入れない状態が、五十年以上、続いていた。

「北部アラニアの独立を指導したのは、彼のロードスの騎士と大賢者スレイン。ふたりが今の状況を見て、はたしてどう思うでしょうね？　安易な道を選びつづけていると、その先に待つのは破局かもしれません」

ローザはそう言うと、もう一度、最高司祭に一礼した。

そして部屋を出る。

気持ちが重かった。

（マーファ教団はフレイム王によるロードスの統一を容認した。他の教団もそれに同調している）

ロードス全体が極めて現実的、政治的な判断で動いているようにローザには思えた。

（百年の平和が、それをもたらしたのだとすれば皮肉ね）

戦は人が犯す最大の過ちである。だが、その道に向かうのは平和のあいだなのだ。人が戦を繰り返すのは、平和が戦と繋《つな》がっていることを忘れるせいかもしれない。

(だとしたら、人も業が深いものね)

ローザはため息をつきながら、懐かしいマーファ大神殿の廊下を歩いた。

3

「どういうことなんだ?」

マーモ王国第二の都市サルバドにもどってきたライルは顔をしかめた。

上空から見下ろすと、港にはマーモ王国の軍船が停泊したままだし、街にはマーモ騎士団の姿がある。

ライルは今、鷲馬《ヒッポグリフ》レッドビークに跨《また》がり、空を飛んでいる。後席には、永遠の乙女ディードリットが座っていた。

ライルがディードリットの探索に出てから、ひと月余りが経っている。

アラニアではすでに戦いがはじまっているという。アラニア西端の街ソーグが攻め落とされ、ノービスの街が包囲されているという状況である。

ライルはマーモ軍はとっくにカノンに渡っているものと思っていた。

だが、サルバドの対岸ルードの港にマーモの軍船が停泊しておらず、怪訝《けげん》に思いながら海峡を渡ってきたのだ。

マーモ王国の新王となった次兄アルシャーが慎重な性格なのは知っている。だが、いくらなんでも動きが遅すぎた。

「降りるぞ！」

ライルは鷲獅子《グリフォン》ホワイトヘッドを駆り、並んで飛んでいたヘリーデに呼びかける。彼女の後席には、ノーラが座っていた。

「うん」

ヘリーデがうなずきかえす。

ライルはサルバドの領主ジェスールの城館にレッドビークを着地させた。

二体の魔獣がいきなり降りてきても、城館にいた騎士や兵士らは驚きもしない。

ライルは鞍《くら》に身体を固定しているベルトをはずし、先に魔獣から飛び降りると、ディードリットに手を差し出した。だが、彼女はにこりと笑うと、ひとりでベルトをはずし、地面に降り立った。まるで身体に重さがないかのような軽やかさである。

人目につかぬよう、かなりの高さを飛んできたのだが、彼女は平然と風を楽しんでいた。マーモからカノンへ渡るとき、後席に乗せていたノーラが一度も目を開けることなくライルにしがみついていたのとは対照的である。

ヘリーデのホワイトヘッドも甲高く鳴きながら地面に降りた。ライルはグリフォンに歩み寄り、ヘリーデが魔獣から降りるのを手伝う。

「ライル、優しい！」

ヘリーデが嬉《うれ》しそうに抱きついてくる。

「あ、兄貴〜」

ついで気を失うように落ちてきたノーラをライルは受け止めた。

「大丈夫か？」

「高い場所から落ちると、途中で人は死ぬんだよ」

ノーラは混乱しているのか、意味不明の言葉を口にする。

「あれだけ、ヘリーデにしがみついていたら落ちないって」

特製の鞍には身体を固定するためのベルトがついているし、万が一のときのため落下制御の魔法がかかったマントまで渡してある。

「お腹が引き締まった気がする」

ヘリーデが笑いながら自分の腹に手を当てた。だが、すぐ無表情になる。彼女の手が布越しになにかを摑《つか》んでいた。

「ライル！」

そのとき、中庭に黒鱗鎧を身に着けた姉イリサが姿を現す。

「イリサ姉さん！」

ライルは姉のもとへ駆け寄った。

「使命を果たしたのだな……」

イリサがディードリットに気がつき、笑みを浮かべた。

「永遠の乙女は見つけた。だけど、本当に使命を果たしたと言えるのは、ロードスに平和を取り戻したときだよ」

「そうだな」

イリサが目を細めて、うなずく。

「ところで、兄上はどこ？」

「アルシャー陛下は城館のなかにおられる」

イリサが答え、ライルについてくるように言った。

ライルはヘリーデとノーラに魔獣の面倒を頼み、ディードリットを伴って姉に従い、城館に入る。

城館のなかには甲冑《かっちゅう》をつけたマーモの騎士らが行き交っていた。かなりあわただしい雰囲気で、表情も硬い。

（予想外のことが起きたのかもしれないな）

不安を覚える。

ライルはイリサに先導され、ごつごつとした石の廊下を進み、漆黒の甲冑に身を包んだふたりの近衛《このえ》騎士が見張りに立つ扉の前に来た。

イリサが近衛騎士らに、扉を開けるよう合図をする。

近衛騎士らが両開きの扉の把手《とって》をそれぞれ持ち、左右に開く。

扉をくぐると、広間になっていた。奥には仮の玉座が置かれている。

そして玉座のすぐ近くにエルフ紋様の入った甲冑をまとうアルシャーの姿があった。装飾は彼自身が施したものだ。この兄は手先が器用で、根気の要る作業が気にならない性格で、たいていのものは自作してしまう。もっとも彼が作ると、すべてエルフ仕様になってしまうのだが……

そして、アルシャーの側には赤肌鬼《ゴブリン》の上位種アグゾの姿があった。

「らいりゅさま！」

アグゾがライルに気がつき、顔をゆがめながら走り寄ってくる。苦悶《くもん》しているようにしか見えないが、喜んでいるのだ。

「ゴブリン？」

ディードリットが眉《まゆ》をひそめる。

「オレの従者です」

ライルは笑顔で答え、目を細めて見つめてくるアグゾの頬を撫《な》でる。

「元気だったか？」

「ここだけのはなしですが……」

アグゾが周囲をはばかりながら答えた。

「あぐぞはとてもげんきでした」

「それはなによりだ」

ライルは大声で笑う。

それから、兄アルシャーを振り返った。

兄はこちらを見て、まるで雷に撃たれたかのように硬直している。

兄の視線は、ライルの隣に立つディードリットに吸い寄せられていた。エルフを崇拝している兄にとって、女神が降臨したに等しいだろう。

「兄上！」

ライルは叱咤《しった》の声を飛ばし、ずかずかと兄のもとへ歩み寄る。

ディードリットがライルに続いた。

アルシャーはディードリットが目の前に来ると、あわててその場にひざまずく。

「永遠の乙女ディードリット、我らの招きに応じていただいたこと、心より感謝いたします」

兄が流暢《りゅうちょう》なエルフ語で言う。

「まずは立ってくださいな」

ディードリットが困惑の表情で返す。もちろん共通語だった。

「よくやってくれた」

アルシャーが立ち上がり、ライルに笑顔を向ける。

「なんとかね……」

そしてライルは帰らずの森での出来事を簡単に伝えた。

「おまえがロードスの騎士になる？」

ライルの話を聞いて、アルシャーが驚く。

「そうするしかないからだよ」

ライルは答え、理由を説明した。

「なるほどな……」

しばし考えてから、アルシャーが深くうなずいた。

「たしかに永遠の乙女だけが姿を現していたら、人々は失望していたかもしれない」

「オレはロードスの騎士の名で人々に呼びかけ、仲間を集めようと思う」

「自由騎士団を結成するということだな？」

「うん」

ライルはうなずく。

名前は考えていなかったが、自由騎士団という名前は悪くない気がする。

「ロードスの騎士を名乗るなら、マーモの王子であってはならないな。今後は、わたしの命令に従わなくていい。ロードスの平和を守るため、おまえの信じるまま行動することだ」

兄は笑顔で言った。

「アルシャー兄さん……」

兄が自分の決断を認めてくれたのは嬉しいが、同時に寂しさも覚えた。これでふたりの兄と立場を異にすることになる。

「そんな顔をするな。たとえ王子でなくなっても、わたしたちが兄弟であることに変わりはない。敵となったザイードもそうだ。それは忘れるな」

「忘れるもんか……」

ライルは鼻を一度すすってからうなずく。

「ところで、なんで兄上はまだサルバドに留《とど》まっているんだよ？　とっくにカノンに渡ったと思っていたのに」

「そうしたかったのだがな……」

アルシャーの表情が曇る。

「カノンに使者を送ったところ、上陸を拒否されてしまったのだ。マーモの邪悪な軍を、カノン領内に入れるつもりはないとな」

「邪悪な軍だって？」

ライルは声を荒らげた。

侮辱にも程がある。

「誓約の宝冠の魔力は、同盟を強制できるはずだろ？　協力しようというのに、なんで拒まれるんだよ」

「どうやら、カノンで政変が起こったらしい。有力貴族らが共謀して、カノン王を王城に幽閉したようだ」

「国王を幽閉した？」

ライルは驚いた。

もちろん、ロードスでも過去に王国の興亡や、王位継承を巡って争いが起こったことはある。だが、国王と貴族、騎士の主従関係が破られたことはあまりない。

「カノンは国王と貴族らが対立しているとは聞いていたけど……」

カノンは英雄戦争のおり旧マーモ帝国によっていったん滅ぼされ、後に帰還王レオナーによって再興された王国だ。

マーモ帝国の占領時、カノンの元領主らは苦難の日々を送っている。森林や山野に潜伏して抵抗を試みた者もいたが、屈辱に耐えてマーモ帝国の配下となることを受け入れた者も多い。レオナー王によって解放されたとはいえ、一度王国を滅亡させた王家に対する不信感があったのだ。王族の大半がマーモ帝国によって殺されていたこともあり、国王の権威は決して強くない。結果として、この百年のあいだにルード侯やバストール伯といった有力貴族の発言力が増していったのである。

「フレイムに侵略されようとしているこの状況で、国王を幽閉するなんて」

ライルは憤りを覚えた。

「誓約の宝冠の魔力は、それを戴《いただ》いた国王だけに及ぶ。配下の貴族、騎士らには無関係だ。カノンの貴族らはフレイムに協力すると決めたのだろうな」

「なんてヤツらだ！」

ライルは怒りにまかせ、床を強く踏みつける。踵《かかと》が石床を砕き、小さな破片が飛ぶ。

「フレイム王が討つと宣言しているのは、誓約の宝冠を戴く国王だけ。我がマーモと同様、ルード侯らにもフレイムの密使が来たのだろう。アラニアでも、ザクソン、ビルニら北部一帯が中立を宣言したそうだ」

「フレイムがロードスを征服したあと、どんな処遇を受けるかわからないのに？」

兄ザイードはフレイムに味方するべきだと主張した。その兄ですら、たとえ味方しても、マーモ王家がどうなるかはわからないと言っている。

「フレイムと戦えば、すべてを失うと思っているのだろう。フレイムの強大さは、どの国も恐れていた。だからこそ、誓約の宝冠の魔力にすがりたかったのかもしれない」

「ザイード兄さんが言ってたのは、こういうことか……」

ザイードは五国が団結できるかどうか危ぶんでいた。

ライルは誓約の宝冠があるからと軽く考えていたが、宝冠の魔力は貴族や騎士、もちろん領民には及ばない。王に従わないという決断はできるのだ。

「現実として、マーモ軍の上陸はルード侯に拒まれた。ルードの街は陸海ともに守りをかためている」

「ルード侯との交渉は？」

「サルバド伯にお願いしているが、難航している」

サルバド伯ジェスールは、この城館の本来の主で、マーモ王国では王家に次ぐ家柄である。海軍を率いており、対岸の港街ルードとは良好な関係を結んでいると聞いていた。交渉役として適任だろう。

だが、国王幽閉という暴挙に出た以上、ルード侯らが翻意するとは思えない。

「フレイムはアラニア、ヴァリス、モスに軍を進めている。援軍を出せるとしたら、マーモとカノンの二国だけなのに……」

ライルは歯噛《はが》みする。

「その通りだ。だが、カノンに上陸を強行すれば侵略も同然。それでは百年前のマーモ帝国や今のフレイム王国と同じになる」

「そうかもしれないけど！」

ライルは髪をかきむしった。

条約や法を重んじる兄らしいと思う。だが、このまま手をこまねいていては、アラニアやヴァリス、モスが征服される。そうなっては、手遅れなのだ。

ライルは救いを求めるように、ディードリットを振り返る。

しかし、永遠の乙女は無言で、首を横に振った。

（そうだった。考えるのも行動するのもオレなんだ……）

ライルはロードスの騎士になると誓ったのだから。

（パーン卿《きょう》なら、どうしただろう？）

もちろんこの状況を打開するため立ち上がったに違いない。ロードスの騎士はマーモ帝国に支配されていたカノンの地で、レオナー帰還王を助け、カノン解放を成し遂げたのだ。

「オレがカノン王を救いだすよ……」

ライルはアルシャーに向き直って言う。それしかないと思ったのだ。

「カノン王の要請があれば、マーモは軍を出せるだろ？」

「いくらなんでも無謀だ」

アルシャーの表情が険しくなる。

「承知のうえだよ。パーン卿も無理とか無茶とか無謀とか、よく言われたらしい。だけど、他に方法がないならやるしかないだろ？」

「確かにな……」

アルシャーがため息まじりにうなずくと、ライルの肩に手をかけた。

「おまえがそう決めたのなら、わたしはもはや止めない。カノン王をお救いし、サルバドにお連れしてくれ。だが、無理はするな。命を失えばそこまでだが、命があればまた次の機会を待つこともできる」

「わかった……」

ライルは力強くうなずくと、兄と抱擁をかわした。

4

王都カノンの街からそう遠くない岩山の洞窟《どうくつ》で、ライルはレッドビークにつける鞍《くら》の手入れをしていた。

鞍は木製で、革を貼り、綿を詰めてある。飛行中に壊れでもしたら命はないので手入れは欠かせない。金具をひとつずつ確かめ、傷んでいるものは交換する。革には蠟《ろう》を丹念に塗り込んでおいた。

サルバドから海峡を越え、ここまで飛んでくれた二頭の魔獣、鷲馬《ヒッポグリフ》レッドビークと鷲獅子《グリフオン》ホワイトヘッドの二頭は、ヘリーデが洞窟の奥で眠らせている。彼女が長時間、子守歌のような古代語の呪文《じゆもん》を唱えたので、ライルもつられて眠ってしまい、実はさっき起きたばかりだ。洞窟の外はいつのまにか薄暗くなっている。

「すぐにできるからね」

ヘリーデがそう言いながら、焚《た》き火にかけられた銅鍋《なべ》の中身をかきまわしている。

香草の匂いが洞窟に充満していた。銅鍋の周囲には部位ごとに切り分けられ、串《くし》に刺された野鳥の肉が並べられている。脂が薪《まき》に滴り、爆《は》ぜる音がときおり響く。

「ここは絶好の隠れ家ですね」

ライルは洞窟を見回しながら感心したように言う。

「ここは百年前、カノン解放騎士団の拠点のひとつだったのよ」

ディードリットがリュートを調律しながら教えてくれた。彼女がこの場所に案内してくれたのである。

「パーン卿もここに来たんだな」

ライルは感慨を覚えた。

「カノンの帰還王レオナーは剣の達人だったと伝えられていますが、失礼ながらパーン卿より強かったのですか？」

「ふたりはよく剣の稽古《けいこ》をしていたけど、パーンが勝つのは五本に一本ぐらいだった」

ディードリットが苦笑する。

「オレとイリサ姉さんが、ちょうどそのぐらいの差だ……」

帰還王はそれほど強かったのかと、ライルは驚いた。

「パーンも決して弱くはなかったけど、剣の腕だけならあの人より強い戦士は当時のロードスに何人もいたと思う……」

ディードリットが淡々と続ける。

「だけど、本当の戦いでは、あの人はまるで別人だった。自分の命を顧みないような無茶な戦い方だったけれど、気迫が凄《すご》くて、迷いなく剣を振るうから、相手が怯《ひる》むの。でも、あの人がなにより優れていたのは仲間を奮い立たせるところ。不利な状況になっても、仲間が全力で戦ってくれたおかげで覆したことが何度もあった。犠牲は少なくなかったけど、誰もがあの人と戦ったことを誇りに思ってくれた」

「いろいろと凄い……」

ライルは嘆息した。聞けば聞くほど、ロードスの騎士の偉大さに圧倒される。

「あなたはまだ若い。焦る必要はないわ。人間は、とくに志を抱いた人間は、驚くぐらいすぐに変わってゆくものだから」

ライルの内心を読み取ったように、ディードリットが慰めの言葉をかけてくれた。

「精進します」

ライルは神妙に答える。

「ただいま！」

そのとき、ノーラの声が響いた。

そして小走りにやってくる。

「カノンの街の様子は、どうだった？」

ライルはノーラを労《ねぎら》ってから訊《たず》ねた。そして彼女に水の入ったカップを渡す。

「城下は混乱してたよ」

水をひと息で飲みほしてから、ノーラが答えた。

「王城は反国王派の軍勢に占拠されている。だけど、街の住人や近郊の村人は、ほとんど国王派みたい。大勢が抗議の声をあげていた」

「抗議の声はあげても、行動はしないんだな……」

ライルはため息をつく。

「それと、カノンの国王様は王城の主塔に幽閉されているみたい」

「よく調べられたな」

ライルは驚いた。

「へへ……」

ノーラが照れ笑いを浮かべる。

「女の子の格好をして、籠《かご》に入れた麵麭《パン》を、国王様に差し上げてくださいと言って、城門にいた兵士に渡したんだ。そしたら振り返って主塔を見上げてたから間違いないよ」

「知恵を使ったな」

ライルは感心した。

「盗賊ギルドの師匠が教えてくれたんだ。相手が女の子だと男の警戒心は緩むって。たまにヤバイ奴がいるから気をつけないといけないらしいけど」

「ヤバイ奴って？」

ヘリーデがきょとんとした顔で、ライルに訊ねてくる。

「油断のならない男がいるってことだよ」

ライルにはなんのことかわかったが、ヘリーデに説明する気になれず、ごまかしておく。

ヘリーデは納得ゆかないという表情だったが、それ以上は追及しなかった。

「とにかく、国王の幽閉場所がわかったのはノラの大手柄だ。主塔なら、むしろ救出しやすいしな」

ライルは明るく言う。

「レッドビークで屋上に降りるのね」

ヘリーデが勢いこんで言った。

「そうしたいけどな……」

ライルは頭のなかで、レッドビークで屋上に降り立ったあとを想像してみる。どうすれば成功するかだけでなく、どうなったら失敗するかを考えるのも大事だと、兄ザイードから教えられている。

「駄目だな……」

ライルはすぐに頭を横に振った。

「おそらく大騒ぎになって、すぐに兵士が集まってくる。レッドは屋内に入れないし、オレひとりで大勢を相手にするのは無理だ」

稽古は積んでいるが、剣では兄たちにはまったく及ばない。いちばん下の姉ビーナにも負けることがあるぐらいだ。

「そっか……」

ヘリーデが残念そうにため息をつく。

「失敗が見えても、それを回避する方法を考えればいい。たとえば、大勢の兵士が集まってこないようにするとか……」

「ライル、賢い！」

ヘリーデが抱きついてくる。

「ザイード兄さんの受け売りだよ。遊技盤で負けたあと、嫌というほど聞かされた。決め手を繰り出すのが早すぎるとか、先に小技を使えとか」

「小技といえば、陽動かなぁ？」

ヘリーデが自信なさそうに言う。

彼女も魔術師なので、軍学はいちおう学んでいる。だが、あまり好きではないらしい。

魔獣使いと薬草師の修業で手一杯ということもある。

「それだよな……」

ライルはうなずいた。

「城門で騒ぎを起こし、城の兵士の注意をそらす」

ライルは思いつきを口にしてみる。妙案ではないが、無難な気がした。

城兵は空から魔獣が降りてくるとは考えてもいないだろう。国王の監視が手薄になれば、
ライルひとりでもなんとかなる。

「わたしが、ホワイトヘッドで城の中庭に降りるというのは？」

ヘリーデが言った。

「それは危険だな。飛び道具で狙い撃ちにされる」

「そっか……」

ヘリーデがうなだれる。

「やはり、必要なのは仲間だ。カノンの街には国王の幽閉に怒りの声をあげている人々が
いるとわかった。ロードスの騎士の名で、呼びかけてみよう。パーン卿はカノン解放の英

雄だ。立ち上がってくれる人はきっといるさ」

5

ライルはカノンの街の裏通りにあるそう大きくない酒場の前に立っていた。隣には緊張した表情のノーラがいる。

永遠の乙女も一緒にいるはずだが、今は精霊魔法で姿を隠していた。彼女にはなにか考えがあるようだ。同行してくれるとは思わなかったので、側にいるだけで心強い。

もちろん、ライルは自分の力でなんとかするつもりだ。

夜はとっくに更けているが、店の外まで灯《あか》りと人々の怒声が漏れている。

ライルは心を落ち着けて、扉を開ける。

テーブルが雑然と置かれ、客は立ったまま飲み食いしていた。客たちの顔は真っ赤だった。それが怒りのせいか、酒のせいか、それともランプの灯りのせいかはわからない。

客たちの視線が一斉にライルたちに集まる。あれだけ騒がしかったのが嘘のように静まりかえった。

「なんだ、ガキか……」

誰かが吐き捨てる。

それが合図だったように、酒場はふたたび騒がしくなった。

「泊まりかい？」

酒場の主人らしき髭《ひげ》面の太った男が声をかけてくる。

「いや、飲み物だけでいい。オレは葡萄酒《ぶどうしゅ》と水。弟には温めた牛乳を」

ライルは答えた。

「金が先だ。銀貨十枚」

ライルは懐から巾着《きんちゃく》を出すと、ライデン銀貨を十枚カウンターに置く。ライデン銀貨は高品質で知られ、ロードス全土で流通している。

主人は驚いたような顔をした。

「おまえ、どこから来た？」

「マーモからだ」

ライルは主人に答える。

マーモという名を聞くと、主人は一瞬、顔をしかめた。カノンの民は、マーモに対する嫌悪感をいまだに持っている。

主人は注文の品を順番にライルたちの前に置いてゆく。

ライルは酒杯に葡萄酒を注ぎ、そこに水を足した。

それを飲みながら、客たちの会話に耳を傾ける。

客たちは国王を幽閉した貴族らに対する怒りをぶつけあっていた。アラニアの西端の街が一日で攻め落とされたこと、城塞都市《じょうさいとし》ノービスが包囲されているという話題も聞こえてくる。

「王城に勤番していた騎士、兵士らはなにをしていたのだ！」

酒杯をテーブルに叩《たた》きつける音とともに、そんな声がした。

ライルは声のほうを振り向く。

そこにいたのは比較的、若い男である。武術の鍛錬を積んでいるように見えた。身なりもいい。おそらくカノンの騎士だろう。

ライルはノーラに目で合図をすると、その男のテーブルに移った。

「あなたの言うとおりだ」

ライルは男に声をかける。

「なんだ、おまえは？」

男が怪訝《けげん》な顔をした。そしてじろじろと見てくる。

「オレはライル」

ライルは名乗り、葡萄酒の入った壺《つぼ》をテーブルにどんと置く。

「名前などどうでもいい。ガキがこんな時間になにをしているんだ」

「仲間を探している」

ライルは答えた。

「仲間だと？」

男が鼻で笑う。

「遺跡荒しでもしようというのか？　時代遅れだぞ」

「オレがやりたいのはカノン王を救いだすことだ。その仲間が欲しい」

ライルは核心から切りだした。

「なんだと？」

男の顔色が変わる。

「ふざけているのか！　簡単に救いだせるのなら、我々がすでにやっている！　王城はフランページ伯の軍に完全に占拠されているのだぞ！」

どうやら男は、ライルの言葉を挑発と受け取ったようだ。

「簡単じゃない。だから、仲間になってくれと言ってるんだ」

怒鳴りつけてくる男に、ライルは真顔で返す。

「寝言はそこまでにしろ！　だいたい、おまえは何者なんだ？　誰かの騎士見習いか？」

男が問いかけてくる。

ライルはそれを待っていた。

「オレは、ロードスの騎士だ！」

ライルは胸を張り大声を出す。背中がすこしぞくぞくする。

それから周囲に目を向けた。期待通り、客たちの視線が集まっている。

「ロードスの騎士だと？　パーン卿《きょう》の子孫とでもいうのか？」

「いや、縁もゆかりもない……」

ライルは首を横に振った。

「ロードスの騎士になるのに、そんなものは必要ないからな。必要なのは正義のために立ち上がる勇気だけだ」

「笑わせるな！　ガキになにができる？」

「だったら、あなたにはなにができるんだ？　酒を飲んで愚痴ることだけか？」

ライルもかっとなって怒鳴りかえす。

「オレを侮辱する気か！」

男が声と身体を震わせた。

「本当のことを言われて侮辱と受け取るのは、自分を恥じてるってことだ。オレはカノン王を救い出す。そのための策も手段もある。だが、ひとりじゃ無理なんだ。だから仲間を集めている。それもできるだけ大勢だ」

ライルは言って、もう一度、客を見回してみる。

彼らは無言で事の成り行きを見守っていた。ちょっとした余興と思っているだけかもしれないが。

「痛い目を見なければわからないようだな！」

男がテーブルに両手の拳《こぶし》を叩きつける。粗末な造りのテーブルがまっぷたつに割れ、そこに載っていたものが床に散乱した。

酒場の主人や客が息を呑《の》む。

そのとき弦楽器が強くかき鳴らされた。

全員の視線が、音のほうに向く。

ライルもちらりと見た。

奥の壁にもたれ、弦楽器を抱えている小柄な人の姿がある。フードを目深にかぶり、顔は顎《あご》しか見えない。

ライルにはそれが誰かもちろんわかっている。しかし他の人々は突然姿を現し、楽器を奏ではじめたその人に当惑しているようだった。

目の前の男も怒りを忘れ、その人を見つめている。

そしてその人は歌声を響かせはじめた。ロードスの騎士の武勲詩の一節である。パーン卿と帰還王レオナーが初めて出会う場面だった。

透き通った高音が心に染みこんでくる。目を閉じると、小川のせせらぎやそよ風に揺れる木の葉が見えてくる気がした。

一節が唄《うた》い終わるまで、酒場の人々は身動《みじろ》ぎひとつしない。

弦の余韻を指で止め、その人はゆっくりとフードをとる。金色の髪が流れ落ち、先端の尖《とが》った細長い耳が跳ね出てきた。

「永遠の乙女……」

誰かがつぶやく。

人々がざわつきはじめた。彼らがディードリットを見るのは初めてのはずである。だが、その姿を見ただけで、誰もがそう思ったようだった。

ディードリットは弦楽器を奏でながら移動し、ライルの傍らにそっと立つ。

「怒らせたらダメでしょ」

ディードリットが囁《ささや》く。

「すいません、つい熱くなって……」

ライルは恥じ入った。

「ま、あの人も若い頃は、よく騒動を起こしたけれど」

ディードリットがくすりと笑う。

「ライルとか言ったな？　おまえは本当にロードスの騎士なのか？」

目の前の男がディードリットをちらちら見ながら、ライルに問いかけてきた。

「パーン卿のような英雄だとは思っていない。それでもロードスの平和を守りたい。そのために立ち上がる者は、誰もがロードスの騎士だ。平和の誓いが破られ、戦乱の時代になった今、ロードスの騎士は必要なんだ」

　ライルは答えた。

「ロードスの平和か……」

　男が大きなため息をつく。

「フレイム王ディアスは今、かつてのマーモ皇帝ベルドのように全ロードスを征服しようとしている。その野望を打ち砕きたい。そのためには、他の五国が結束しなければならない。それなのにカノンの貴族たちは自らの国王を幽閉し、フレイムに加担しようとしている。だから、国王を救い出し、カノンをひとつにまとめたい」

　ライルは熱く訴えた。

「エタン様、あなたのご先祖は帰還王やロードスの騎士とともにカノン解放のためマーモ帝国と戦ったとお聞きしましたが？」

　近くで会話を聞いていた店の主人が、笑いながら言葉をはさむ。

「そうだ。オレの先祖はその功績で騎士に叙勲され、この街の郊外に領地を賜った。カノン王家に仕える騎士のほとんどがそうだ。マーモ帝国に服従した貴族どもとは王家に対する忠誠心が違う……」

　エタンという名の騎士が決意の表情を浮かべた。

そして、ライルに向かって手を差し出してくる。

「よし、協力させてもらうぞ、ロードスの騎士。カノン王に忠誠を誓う騎士、兵士は近隣に大勢いる。オレが声をかけ、集めよう」

「わしらも手伝いますよ。わしらだってカノンの民ですから。もう二度と、他国に支配されたくありません」

酒場の主人がそう言って、エタンの肩を叩く。

「まるで百年前のカノン自由軍みたいじゃないか！」

客の誰かが言い、他の客が大きな歓声をあげた。

6

夜風が涼しい。

ライルは鷲馬《ヒッポグリフ》レッドビークに乗って、夜の空を疾走している。後席にはノーラを乗せていた。彼女は前席の背もたれごと、ライルに抱きついている。そして呪文《じゅもん》のように、なにかをつぶやいていた。

王城は眼下にある。

遠くから人々の叫び声が聞こえていた。

カノンの街の人々が蜂起《ほうき》し、王城に押しかけているのだ。カノンの騎士エタンが中心になって呼びかけ、大勢がそれに応じたのである。

人々は城兵に抗議しているだけで、戦おうとはしていない。

だが、城を守る兵士にとって、あれだけの群集は脅威だろう。陽動としては十分すぎるぐらいだった。

ライルは身体を鞍《くら》に固定させているベルトを外す。

「ノラ、手を離してくれ！」

ライルはノーラに言った。

ノーラが無言でうなずくと、ライルに回していた手をほどく。

「いいか？　オレが飛び降りたら、この手綱をしっかり握っているんだぞ。あとはヘリーデがレッドを操ってくれるから」

ライルはノーラに念を押すと、手綱をノーラに渡し、鐙《あぶみ》から足を外した。そして両手で落下制御のマントの裾《すそ》を掴《つか》むと、身体を左に傾けてゆく。

そしてライルは頭から地面に落ちはじめた。速度はぐんぐん速くなってゆくが、ライルに恐怖感はない。むしろ鳥になったような爽快《そうかい》感すら覚える。

レッドビークから落ちるのは初めてではない。

乗馬の稽古をするときは、落ちる練習もする。万が一、飛行中にレッドビークから落ちたときのため、何度か練習したのだ。

初めてのときにはマントの魔力が発動しないのではないかという恐怖感があったが、二度めからはこの練習をむしろ楽しんだものだ。今ではただ落ちるだけではなく、マントを操って滑空できるようになっている。

ライルは古代語で魔法のマントに〝命令《コマンド》〟を発し、速度を調整しながら、王城の主塔を目指した。主塔の屋上には矛槍《ハルバード》を手にしたふたりの見張りがいるが、その注意は空ではなく、カノンの群集が押し寄せる城門のほうに向けられている。ライルはその背後に着地しようと、マントを操作した。

主塔の屋上近くには、狭い窓があり、かすかな灯《あか》りが漏れていた。カノン王はそこに囚《とら》われているはずである。

カノンの騎士エタンから、主塔の内部は詳細に聞いていた。屋上に降り立ち、見張りを倒し、螺旋《らせん》階段を降りる。牢屋《ろうや》の入口は塔の内側を一回りした踊り場にあるという。錠前をはずし、王を救出したらすぐ屋上へもどる。ヘリーデがホワイトヘッドとレッドビークを着陸させ、空から脱出するという手筈《てはず》だった。

ライルは見張りの男たちの背後に近づくと、身長の倍ほどの距離でマントの魔力を切る。その声で、男たちが振り返った。

ライルは床に片膝《ひざ》をついて着地すると、低い体勢から男のひとりを長剣で抜き打ちにする。真銀の刃が男の下腹を深く切り裂いた。

男は血とはらわたを溢《あふ》れさせながら仰向《あおむ》けに倒れる。

もうひとりは、あわてて武器を向けるが、矛槍は重く長い。

ライルは素早く相手の懐に飛び込み、突きを入れた。

長剣の切っ先が、胸甲の下から滑りこみ、心臓を貫く。剣を引き抜くと、男は声すら立てず倒れた。

ライルは木製の落とし戸を見つけ、それを引き上げる。松明《たいまつ》が壁のところどころにかけられているが、主塔の内部はかなり暗かった。

「どうした？」

誰かが声をかけてくる。おそらく牢屋の見張りだろう。

ライルは答えず、粗末な手すりのついた螺旋階段を全速で降りた。そして男と目が合った瞬間、ライルは身を躍らせる。そして長剣で相手の喉《のど》を狙う。

男は上から降りてくるのが侵入者とは思いもしなかったのだろう。身構えることすらできなかった。

長剣に喉を突き抜かれ、階段の踊り場に仰向けに倒れる。

踊り場の壁には鉄製の狭い扉があった。鉄格子の嵌《は》まった覗《のぞ》き窓があり、把手《とって》のすぐ下に大きな錠前がついている。

ライルは見張りの懐や腰を探ってみた。だが、鍵らしきものはない。

(牢番《ろうばん》には鍵を持たせない。マーモでもそうだ)

ライルは腰のベルトにつけていた革製のポーチから、金属製の〝鉤針《ピック》〟を出す。盗賊が使う〝道具《ツール》〟のひとつだ。王国の密偵になるつもりだったので、盗賊の技術は一通り学んでいる。兄アルシャーほどではないが、ライルもわりと器用なので、すぐ身に付いた。

錠前は大きく頑丈ではあったが、構造そのものは単純そうだ。警備が厳重だと、こういう錠前が使われる。

「誰だ？」

そのとき、扉の向こうから声がかかった。壮健な男の声だ。

「ライルと申します。陛下を助けにまいりました」

ライルは作業を続けながら小声で答える。

「知らぬ名だ。カノンの騎士ではないな？　声も若い。もしかして、マーモの王子か？」

「先王アスランの第四王子です。ですが、今は王家との関係は絶ち、ロードスの騎士を名乗っております」

名前を伝えただけで自分の素性を言い当てられ、ライルはすくなからず驚いた。

「ロードスの騎士だと？」

扉の向こうから、訝《いぶか》しげな声が返ってくる。

そのときカチリという音が鳴り、錠前がはずれた。

「推参、失礼いたします」

ライルは扉を開き、牢屋のなかに身体を滑り込ませる。

牢屋は狭く、天井も低かった。奥の壁は湾曲し、狭間《はざま》のような縦長の窓がある。調度品はベッドと粗末なテーブルと丸椅子だけ。そして排泄物《はいせつぶつ》を入れるための木桶《きおけ》が部屋の隅に置かれていた。

そして誓約の宝冠を頭に戴《いただ》いたカノン王と思《おぼ》しき男が、テーブルの側に立っている。

青色のガウンをまとい、布製の長靴を履いていた。痩身《そうしん》で肩まである茶色の髪はひどく乱れている。鬚《ひげ》も雑然と伸びていた。老けて見えるが、カノン王はまだ五十歳にはなっていないはずだ。

テーブルには燭台《しょくだい》があり、それが部屋の中を照らしている。テーブルの上には紙が広げられ、文字がびっしりと埋められていた。紙の右側にインク壺《つぼ》と羽根ペンが整然と並べられている。

「ひどい身なりで恐縮だが、わたしがカノン王ロテールだ」

カノン王は苦笑まじりに名乗った。

「屋上に魔獣が降りてまいります。それにお乗りいただき、城を脱出します」

ライルは一礼しながら国王に申し出る。

「なるほど、魔獣に乗って空から侵入してきたのか？　すると外の騒ぎは陽動だな」

「カノンの騎士エタン殿に協力いただきました」

ライルは答えた。

「そうか、直属の騎士らは、わたしを救おうとしてくれたのだな」

カノン王が笑みを漏らす。

「カノンの街の住人たちもです！」

ライルは力強くうなずいた。

「ゆっくりしていると、兵士らが来ます。どうか、お急ぎを」

「すまぬが、そうもゆかんのだ……」

カノン王が苦笑する。

「えっ？」

ライルは驚いた。

どうなったら失敗するかはいろいろ考えてきたが、国王に拒否されるというのはさすがに想定外である。

「なぜでしょう？」

ライルは焦りながら訊《たず》ねた。

「世継ぎのユークが自室に軟禁されている。置き去りにはできん」

「それは……」

ライルは言葉に詰まる。

国王を救いだすことばかり考えていて、家族や世継ぎの存在を忘れていた。だが、こういう場合、王の身柄が最優先で、継承者は見捨てるのが普通だった。継承者は他にもいるからである。

だが、カノン王にあきらめてくれとは言えない。

（どうすればいいんだ？）

ライルは頭のなかが真っ白になった。

「だが、せっかく助けにきてくれたのに応じないというのも非礼だろうな」

カノン王はひとりごとのようにつぶやく。

そして、腰の剣を貸してくれないかと、ライルに声をかけてきた。

「どうぞ」

カノン王の意図はわからなかったが、ライルは剣を鞘《さや》ごとはずして渡す。

カノン王は剣を鞘から抜くと、軽く振って具合を確かめた。

「では、行くとしよう」

カノン王がライルの肩を叩《たた》く。

「どこへでしょう？」

ライルは呆然《ぼうぜん》と訊ねる。

「我が王子を救いだしにだよ」

カノン王が当然のように答えた。

7

カノンの皇太子であるユーク王子が囚われているのは、王子の私室だという。王族の居室があるのは玉座の間より奥の区画。主塔の反対側らしい。

そこに行くには、玉座の間の横の廊下を突ききる必要があるそうだ。誰にも見つからずにたどり着けるとは到底思えない。

（いくらなんでも無茶だ）

ライルはカノン王ロテールの背中を追って主塔の螺旋階段を降りながら、心のなかでつぶやいた。

（これは順番が来たかな？）

だが、こうなった以上、カノン王と運命を共にするしかない。

カノンの街の人々が立ち上がってくれただけでも、ロードスの騎士を名乗った意味はあったと思う。あとは、自分の志を誰かが受け継いでくれることを願うばかりだ。

主塔を降りるまでは、誰とも出会わなかった。

城の主塔は城壁を突破されたあと、城館を守るためのいわば最後の砦《とりで》である。城を占拠しているフランページ伯の軍と、カノンの群衆は城門を挟んで対峙《たいじ》している状況なので、主塔に兵を割く余裕がなかったのだろう。

「エタン卿《きょう》から、この城は攻め落とされたのではなく、開城したと聞いたのですが？」

ライルはカノン王に訊ねる。

エタンからはそう聞いていた。それを不思議に思っていたのである。

「ルード侯、バストール伯ら有力貴族が軍を率いて城を囲み、わたしの退位を迫ったのでな。だから応じたのだ」

「なぜ応じられたのです？　これだけの堅城なら大軍相手でもそう簡単には落ちません。誓約の宝冠の魔力を使い、援軍を求めることもできたはずです」

ライルには、それが不思議だった。

「戦えば双方ともに大変な犠牲が出る。同じ国の者どうしが殺しあう。愚かなこととは思わないか？」

「そうでしょうか？」

王位というのは神聖にして不可侵というのが原則である。悪政を行ったというならともかく、他国が侵略してくるからという理由で、貴族らが自らの国王を差し出そうというのを認めることなどできない。

「ルード侯らに見限られたのは、わたしが王としての資質に欠けているからだ。わたしの不徳ということだ」

カノン王が自嘲《じちょう》の笑みを洩《も》らす。

(貴族らの不忠じゃないのか？)

ライルはそう思ったが口にはしなかった。

それどころではなくなったからである。廊下の奥に五人の兵士が立っているのが見えた。

王族の居室があるのはその奥だ。

「ロテール王!?」

兵士のひとりが声をあげる。

向かってくるのが幽閉しているはずのカノン王だと気づいたようだ。四人があわてて手にしていた槍《やり》を構える。

四人の槍兵《そうへい》が一列に並び、槍衾《ぶすま》を作った。

兵士長と思しき男が、剣を抜いてその後ろに立つ。

「どうするのですか？」

ライルはカノン王に訊ねる。

長剣は渡しているので、武器は格闘用の短剣と三本の投げ矢《ダーツ》しかない。

「もちろん、突破する」

カノン王はそう答えると、全速で走りはじめた。

「く、来るな！」

兵士らは恐怖に顔をひきつらせながら、槍の穂先を前後に動かす。

だが、カノン王は速度を緩めることなく向かっていった。

「かまわん！　突け！」

兵士長と思しき男が、声を震わせながら命じる。

「たあっ！」

兵士らが声をあげ、槍を突きだした。

だが、カノン王はその槍の穂先が身体を貫く寸前で身体を沈める。床を足から滑り、槍をかいくぐった。そして滑りながら、剣を上に向かって一閃《いっせん》させる。

四本の槍の穂先が、ばらばらと落ちた。

カノン王はすかさず立ち上がると、呆然とする四人の槍兵に長剣の突きを入れる。肩や大腿部《だいたいぶ》などを切っ先が貫いた。だが、致命的な部分は外している。

兵士は地面に転がり、苦痛の呻《うめ》きをあげた。

「ひっ！」

ひとり残った兵士長が息を呑《の》む。

カノン王は男の右腕を、手にしていた剣ごと斬り落とした。

「あああ……」

兵士長は泣き声をあげながら、切断された右腕を拾い、傷口にくっつけようとする。

「凄《すご》い……」

ライルは驚嘆した。

あまりにも早く強く、そして正確な剣さばきである。

（オレがこの人と戦っても、百本に一本も取れない）

ライルがこれまで知る限り、最強の戦士は武術師範のハレックだった。だが、カノン王は剣に限れば、間違いなくハレックに勝っているだろう。

「命が惜しいのなら、声をあげるなよ。仲間を呼んだりしたら、容赦なく殺すからな」

ライルは呻き声をあげる兵士らに警告する。本当はとどめをさしたいのだが、カノン王の意図を尊重したのだ。

兵士らはあわてて声を抑え、何度もうなずく。完全に戦意を喪失したようだ。

「王子は、この奥だ」

カノン王が廊下の突き当たりにある扉を開ける。奥はさらに通路が続いており、左側に扉がいくつかついていた。

そのひとつに、ひとりの騎士が立っている。完全武装であった。甲冑《かっちゅう》をまとい、剣と盾を構えている。

「そこをどいてくれないか？」

カノン王が騎士に呼びかけた。

「主命を帯びておりますので、そうはゆきません」

騎士が恭しく答え、上げていた面頬を下ろす。

「そうか……」

カノン王はうなずくと、騎士との距離を一気につめた。

そして相手の顔に向かって、鋭い突きを入れる。

騎士は反射的に盾をかざす。

だが、カノン王の突きは偽攻《フェイント》だった。カノン王は剣を引き、押しだされてくる盾を避《よ》けながら、身体を回り込ませる。

眼前に盾を構えたため、騎士はその動きを見逃していた。そして面頬を下ろした兜《かぶと》は視界が狭い。おそらく目の前からカノン王が忽然《こつぜん》と消えたように思ったことだろう。

回り込まれたと気づき、あわてて方向転換しようとしたが、甲冑は重い。とうてい間に合うはずがなかった。

カノン王は騎士の背後を取ると、甲冑の襟の部分を引きながら膝《ひざ》の裏に蹴《け》りを入れる。

騎士の体勢がかくんと崩れ、自らの甲冑の重さを支えきれず、仰向《あおむ》けに倒れた。

すかさず、カノン王は騎士の面頬の隙間に長剣の切っ先を滑り込ませる。

「おまえは主命を果たした。わたしに倒され、頭を打ち、気を失ったと主君に伝えるのだな」

カノン王が剣を止め、騎士に声をかけた。

「……お情け、感謝いたします」

騎士が小さくうなずき、動かなくなる。

「ユーク！」

カノン王がひと声かけてから扉を開く。

「父上！」

扉の外で何事があったか予測していたのだろう。ひとりの若者が部屋から出てきた。品のある顔だちである。肩まである髪は明るい金色で強く波打っていた。赤く染めた短い上衣と膝までの下衣を身に着けている。足に履いているのは緑色に染めた革製のサンダルだった。鬚《ひげ》が薄いので若く見えるが、おそらく兄ザイードと同じくらいの年齢だろう。

「城を脱出するぞ！」

カノン王が王子に呼びかける。

「はい！」

ユーク王子が笑顔でうなずいた。このときを待っていたという顔である。

そしてライルに気がつく。

「あなたは？」

ユーク王子が訊《たず》ねてきた。

「ライルと申します」

ライルはそう答えて一礼する。

「マーモの元王子で、今はロードスの騎士だそうだ」

カノン王が笑いながら、ライルを紹介した。

「カノンの皇太子ユークです」

ユーク王子は表情を変えることなく、ライルに返礼する。

そのとき廊下のほうで騒がしい物音が聞こえてきた。新手が来たのだろう。

「急ぐぞ」

カノン王が言った。

救いに来たのはライルのほうなのだが、主導権は完全にカノン王に移っている。だが任せるしかないし、任せていいとも思えた。

カノン王が先頭に立ち、廊下を主塔のほうへともどる。開いたままの扉を抜けると、十人ほどの兵士がひとりの騎士に率いられて向かってきていた。

「ふたりは、わたしの後ろに」

カノン王が言い、長剣を手に走りだす。

ライルとユーク王子はその後ろに並んで続く。

「逃げられはしませんぞ！」

騎士が声をかけてくる。

「それは、どうかな？」

カノン王は応じると、走る速度を落とさず、斬りこんでいった。

兵士らが槍を突きだし、迎え撃つが、カノン王はさっきと同様に床に滑りこみ、穂先をかわす。そして相手の懐に飛び込むと、縦横無尽に長剣を閃《ひらめ》かせた。

悲鳴をあげ、兵士らが次々と倒れる。戦闘力は奪っているが、致命傷ではない。それができるほどの余裕がカノン王にはあるのだ。

「いったい、どんな訓練を積んでいるんだ……」

ライルは呆然《ぼうぜん》とつぶやく。

「曾祖父《そうそふ》レオナーは剣の達人だった。祖父、父とその剣術は受け継がれている。カノン王家のいわばお家芸なんだ」

ユーク王子が親切に教えてくれた。

「あなたも？」

「父に教わっている。まだ、足下にも及ばないが」

ユーク王子がうなずく。

（それでもオレより強いんだろうな）

ライルはため息をついた。

そのとき、カノン王が最後に残っていた騎士を倒す。長靴で股間《こかん》を蹴りあげ、悶絶《もんぜつ》させたのだ。急所ゆえ保護されているはずだが、それを上回る衝撃だったのだろう。

血路が開かれ、カノン王が振り返って合図を送ってくる。

ライルはユーク王子とともに王のもとへ走った。

「ふたりは早く主塔の屋上へ」

カノン王が言う。

「屋上？　そこからどうやって逃げるのですか？」

ユーク王子が訊ねかえす。

「ライル殿は魔獣の乗り手だそうだ」

「ですが、三人は乗れません……」

ライルは唇を噛《か》みながら首を横に振る。

皇太子を救うことは考えになかったのだ。

「わたしは残る。すぐにまた新手が来よう。誰かが食い止めなければならないからな」

「父上！」

ユーク王子が驚きの声をあげる。

「ならば、わたしが残ります！」

「それでは、わざわざおまえを救った意味がない」

カノン王が笑う。

「わたしは貴族らの反乱に戦わずして屈した臆病《おくびょう》な王として死ぬ。誓約の宝冠は今からおまえのものだ」

カノン王は宝冠をはずすと、ユーク王子に手渡した。

「いけません！」

ユーク王子は反射的に宝冠を受け取ったが、すぐ我に返り、首を横に振る。

「これは王命である！」

カノン王が威厳をこめて言った。

それを聞いて、ユーク王子がうなだれるようにうなずく。

「フレイム王がロードス征服の意志を示したとき、わたしは正直勝てぬと思った。だから、貴族らが反乱を起こすのもやむをえぬとも……」

カノン王が王子に語りかける。

「王とはすなわち国の主《あるじ》だ。領民も領土も生産物も、すべては王のもの。それゆえ国を守り、豊かにする責務がある。理想の王とはなにもせず、ただ贅沢《ぜいたく》に暮らすことであろう。ロードスが平和で、カノンが豊かで、領民が正しく治まっているなら、それでよいのだからな。だが現実はそうもゆかん。他国との戦や貴族の反乱に備えねばならず、疫病や災害も発生する。領主らは過剰な搾取を行い、役人は不正を行う。罪を犯す領民は捕らえ、罰しなければならん……」

カノン王は語り続けた。

王位を継承するユーク王子に、最後の助言を行っているのだろう。

「そして、王の最後の務めとは死ぬことなのだ。他国に侵略され、貴族が反乱し、領民が蜂起《ほうき》したとき、王の命で決着がつく。体制が変わり、新しい王が統治を行う。この国が今より良くなるのなら、そのほうがよい。ただし、それはこの国の民がそれを望むならば、だ」

カノン王はそう言うと、近くにあった狭い窓の外を見る。

ライルも別の窓から外を覗《のぞ》く。

城門に押しかけている群衆の数が増えているように思った。

「わたしには、彼らの声なき声が聞こえていなかった……」

カノン王が無念そうに言うと、ふたたびユーク王子を振り返った。

「その宝冠をどうするかはおまえの自由だ。戴《いただ》かぬともよい。だが、もし戴き、カノンの王位を継ぐのなら、命は捨てたものと思え。フレイムと戦い、勝利を得るのは容易《たやす》いことではないのだからな」

カノン王はそう言って、ユーク王子の肩を叩《たた》く。

「王子を頼む」

次いで、ライルの肩も叩いた。

「お引き受けしました」

ライルは神妙にうなずく。

そのとき階段を上り、玉座の間の前に兵士らが姿を現した。ざっと見ただけで二十人。さらに後続がいるようだった。

「さあ行け！」

カノン王が言う。

「はい！」

ライルはカノン王に一礼してから、踵《きびす》を返す。

そして涙を堪《こら》えるユーク王子を先に立たせ、主塔の屋上へと続く階段を上りはじめた。

8

ライルは鷲馬《ヒッポグリフ》レッドビークに乗り、夜空に舞いあがった。

後席には、カノンの皇太子ユーク王子を乗せている。

ヘリーデが駆る鷲獅子《グリフォン》ホワイトヘッドはノーラとともに先に主塔を離れていた。ふたりはこのまま岩山の洞窟《どうくつ》にもどる予定だ。

「城門前の広場に降ります」

ライルはユーク王子に声をかける。

城門前には角灯《ランタン》を手にした人々が集まり、抗議の声をあげつづけていた。広場は埋まり、そこから延びる街路にまであふれている。

「あれだけの人々が……」

ユーク王子が驚きの声をあげた。

「はい、陛下と殿下を救うため、集まってくれました」

ライルは笑顔でうなずく。

そして広場の中央に向かって、ゆっくりとレッドビークを降下させる。

「ライル殿！」

群衆のなかからカノンの騎士エタンが手にした松明《たいまつ》を大きく振って、合図を送ってきた。

魔獣が降りてくるのに気がついて、人々があわてて場所をあける。

ライルはレッドビークを着地させると、ベルトをはずし、飛び降りた。そして王子が魔獣から降りるのを手伝う。

「よくぞ、王子を……」

エタンが側に来て、感極まった声で言った。

彼の背後には、カノンの騎士と思《おぼ》しき男たちが十人ばかり集まっている。

「カノンの民よ！ ロードスの騎士が、ユーク王子をお救いくださったぞ！」

エタンは大声を張りあげた。

その声は、人から人に伝えられ、城壁を震わさんばかりの大きな歓声があがる。

「ところで、陛下は？」

声を落とし、エタンが訊ねてきた。

「すまない……」

ライルはそう切りだし、王城でなにがあったかをエタンに伝える。

「そうか……」

エタンが険しい表情でうなずいた。

「陛下がそれを望まれたのなら、やむをえないな」

「父上を解放するよう、フランページ伯に要求したい」

ユーク王子がそう言うなり、城門のほうへ歩きだす。

エタンらカノンの騎士が先導し、ユーク王子のため道をあける。

ライルはレッドビークを連れ、ユーク王子の後に続いた。

「伯爵と話がしたい！」

ユーク王子が城門の前に立つと、城門を守備している兵士らに向かって大声で呼びかける。

しばらく待つと、城門の上に初老の男が姿を現した。フランページ伯だろう。

「邪悪な魔獣の乗り手め！」

フランページ伯と思しき男は、レッドビークの手綱を引いているライルにいきなり悪態を投げかけてきた。

「大逆を犯したヤツに言われたくないな」

ライルはむっとして言い返す。

「父上を解放してくれれば、あなたの罪を減じると約束しよう」

ユーク王子が伯爵に言う。

「お父君の命を救いたければ、この群衆を解散していただけませんかな？」

伯爵が高圧的に要求してくる。

（この状況が見えていないのか？）

ライルは驚いた。

どう考えても、なにかを要求できる立場にはない。カノン王に万が一のことがあれば、カノンの人々は激怒し、伯爵の軍に襲いかかるだろう。いかに城にこもっているとはいえ、これだけの人数を相手に防ぎきれるものではないのだ。

「人々が求めているのは、あくまで父上の解放だ。それがなされれば自然に解散しよう」

ユーク王子が穏やかに説得を続ける。

「わたしがそれを信じるとでも？」

伯爵があざ笑う。

「わたしの名誉と命をかけて保証しよう。ここにいる民衆すべてが証人だ」

ユーク王子が言うと、周囲の人々は同意の言葉を次々にあげる。

「あなたは、なにもわかっておられない。カノン王を解放すれば、この国はフレイムに侵略され戦場になる。罪もない領民が、大勢が死ぬことになる。もちろん、王子、あなたご自身もだ。フレイム王が敵としているのは誓約の宝冠を戴く諸国の王のみ。カノン王は聡《そう》明《めい》にもそれを理解し、我々の要求に応じられたのだ」

伯爵が興奮ぎみに言う。

「父は先程、自分が誤っていたと仰《おつしや》っていた。人々の声が聞こえていなかった、と。カノンの民は、フレイムに征服されることを望んではいない。それゆえ、父もフレイムと戦う覚悟をされた」

ユーク王子が返すと、群衆はふたたび同意の声をあげる。

「カノン王家に忠誠を誓っても、領地も領民も守れん。英雄戦争でもそうだった。この大戦でもそうなる。いかに抗《あらが》おうと、カノンはフレイムに征服されるのだ」

伯爵が激しく拳《こぶし》を振るう。

「だから、フレイムの側につくというのか？」

ライルは我慢できず、声をあげた。

「おまえは自分の領民の声を聞いたのか？　彼らがフレイムに支配されるのを望んでいたか？　おまえが守りたいのは、自分の命と領地だけだろう？　命はもちろん大切だ。だが、人はいつか死ぬ。だからこそ、どう生きるかが肝心なんだ。そして命より大事なものだってある。それがなにかは、人それぞれだ。ただ、ロードスの騎士パーン卿《きょう》はこう言い残している。いつかロードスにふたたび戦乱の時代が訪れたとき、ロードスの騎士はかならず現れると。パーン卿はロードスの平和を守るため、命をかけて戦いつづけた。オレはその意志を継ぐと決めたんだ。六王会議の盟約を破り、ロードスの平和を乱したフレイム王を打倒すると！」

「邪悪な魔獣の乗り手が、正義を振りかざすのか！」

伯爵が激昂《げきこう》し、ライルに指を突きつける。

「オレは自分が正義だなんて言ってないぞ！」

ライルは指を突き返した。

「おまえは今、オレがやろうとしていることが正義だと認めた。つまり、おまえは自分に正義がないと自覚してるってことだ。それに……」

ライルはそこでいったん言葉を切り、レッドビークの首筋を撫《な》でる。

レッドビークが嬉《うれ》しそうにひと声鳴く。

「このレッドは幻獣なんだよ。モスの竜と同じだ」

詭弁《きべん》だが、都合が悪いときはこう言うようにしている。意外にそれで人は納得するのだ。

そのときである。

「王様だ！」

群衆の誰かが叫んだ。

ライルは反射的に主塔を見上げる。

主塔の縁《へり》に、カノン王ロテールの姿が見えた。おそらく伯爵の配下に取り囲まれているのだろう。灯《あか》りに照らし出され、夜空を背景に明るく浮かびあがっている。

カノン王の肩は激しく上下していた。ひどく疲労しているようだ。伯爵の配下を相手に、今まで戦いつづけていたのだろう。

「王を捕らえよ！　そしてここに連れてくるのだ!!」

伯爵が主塔を振り返って、配下に命じた。

そして王子に向き直る。

「もう一度、言うぞ。王の命を救いたければ、ただちに群衆を解散させるのだ！」

伯爵が勝ち誇ったように言った。

ユーク王子が苦悩の表情を浮かべる。

なんとしても父を救いたいと思っていることだろう。彼が命じれば、カノンの人々は応じるかもしれない。だが、熱意も同時に消え失《う》せてしまうだろう。

しかし、こればかりはライルが口を出せることではない。

周囲の人々も沈黙して、ユーク王子の決断を待った。

だが、その静寂を破ったのは王子ではなかった。

「皆の者、聞いてくれ！」

カノン王が、主塔の上から高らかに叫んだ。

「わたしは即位して以来、貴族らの忠誠を得る努力を怠り、彼らとの対立に目をつぶってきた。そして皆の声を聞こうとせず、戦わずしてフレイムに屈し、貴族らの要求を受け入れてしまった。この事態を招いたのは、すべてわたしの怠惰のせいだ。フレイムに勝つには、他の五国が連合せねばならない。そのためには、まずこのカノンがひとつにまとまる必要がある。わたしはこれから自らの罪を償う。そして、すべてを皇太子に託す」

そう言うなり、カノン王は主塔の上から身を躍らせた。

「父上!」

ユーク王子が絶叫する。

「カノン王……」

ライルは呻《うめ》く。

群衆も悲鳴をあげた。

そして重いものが地面に落ちた音が響く。

ふたたび静寂が支配した。

「よくも父上を!」

ユーク王子が怒りの声をあげる。

「フランページ伯! 貴様だけは許さぬ!」

それが、戦いの合図であった。

「城門を破れ! 城壁を乗り越えろ!」

カノンの人々が声をかけあう。

ライルはレッドビークにまたがり、夜空に舞いあがった。空から城兵を攪乱《かくらん》するつもりである。

城門を守る伯爵の配下は思った以上に少ない。しかもカノン王の壮絶な死と、圧倒的な数の群衆に浮き足立っている。
戦いの結果は明らかだった——

そして夜が明ける頃には、王城は完全に制圧されていた。

伯爵の配下で戦おうとした者はほんのわずかであった。群衆に囲まれると、誰もが武器を捨てて降伏した。

伯爵自身は側近とともに玉座の間に逃げこみ、最後まで抵抗を続けたが、突入したエタンたちカノンの騎士によって捕縛された。そして王城の中庭に連行される。

中庭には薪《まき》が積みあげられ、カノン王ロテールの亡骸《なきがら》が横たえられていた。

フランページ伯は、その前に引き出される。

ユーク王子が伯爵の背後に立つ。彼の手には、ロテール王が最後に手にしていた剣が握られている。つまり、ライルの長剣だ。

「フランページ伯は主君に反乱するという大逆を犯した。今から、その罪を裁く！」

ユーク王子が高らかに宣言する。

それを聞いた人々が歓声をあげて応じた。

「わしは罪など犯しておらぬ！　ロテール王は我が忠誠に値しなかった。この国を守る気も力もなかった。王として資質がなかったのだ。それゆえ、我らはフレイムに与《くみ》すると決めた」

伯爵がわめく。

(この期に及んで……)

ライルは呆《あき》れた。すでに正気ではないのかもしれない。

「黙れっ!」

ユーク王子が怒りの声をあげ、剣を振り下ろす。

伯爵の首は、一刀で落ちた。

いかに真銀製の刃《やいば》とはいえ、細身の剣で首を落とすのは至難の技である。ユーク王子の剣技は、やはりかなりのものだ。エタンが伯爵の首を拾い、群衆に示す。

人々が歓声をあげる。

そして積みあげられた薪に火が点《つ》けられ、カノン王の亡骸が荼毘《だび》に付された。

その炎に向かい、全員が黙禱《もくとう》を捧《ささ》げる。

「殿下、どうか皆の前で戴冠《たいかん》を……」

エタンがひざまずいて、ユーク王子に進言した。

「ここにいる誰もが、それを望んでおります」

カノンの騎士たちが全員、エタンに倣う。

「父上はあれほど強かったのに、なぜ戦おうとしなかったのだろう？」

ユーク王子はすぐには答えず、ライルを振り返って問いかけてくる。

「自分ひとりの命で済めばよいと思っておられたのでしょう」

カノン王は伯爵の配下に対しても、命を奪うのを避けていた。そういう信条なのだろう。

「わたしは父よりも弱い。そんなわたしに王が務まるだろうか？」

ユーク王子がさらに問いかけてくる。

弱気になっているのではなく、覚悟を決めたいのだろうと、ライルは理解した。

「オレはロードスの騎士を名乗りました。その名にふさわしいかどうかはわかりません。誰かが、決めてくれるでしょう」

「なるほど……」

ユーク王子がうなずく。

「わたしに王の資質がなければ、カノンをまとめることすらできないだろうな。そのうえで、あの強大なフレイムに勝てるかどうか」

「勝てなければ、死ぬだけです」

「そうだな。それが王の最後の務めだと、父も言っていた。王位を継ぐなら、命を捨てる覚悟をせよとも。戦をすれば、騎士、兵士、そして民の命も大勢失われるだろう。それは心苦しいが……」

「その気持ちは大切だと思います。フレイム王ディアスは、そんなこと考えてもいないでしょう。だからこそフレイム王に正義はないと、オレは思っています」

「同感だな。すべてはフレイム王が野心を抱いたせいだ。それがなければ、貴族らが反乱することなどなかったし、父上が死ぬこともなかった。フレイム王こそが、本当の父の仇《かたき》だ」

ユーク王子が静かに言った。だが、選んだ言葉から、内心の強い怒りが伝わってくる。

「わたしは誓約の宝冠を戴《いただ》くぞ」

騎士たちに向き直って、ユーク王子が宣言した。

「おおっ！」

騎士たちの表情が輝く。

そしてユーク王子はふたたびライルを振り返り、誓約の宝冠を差し出した。

「ライル殿、その宝冠をわたしに載せる役をお願いしたい」

「オレが？」

ライルは驚いた。

そんな大役を務めることになるとは思ってもいなかったのだ。

「あなたはロードスの騎士なのだろう？　今のカノン王国は、我が祖レオナーとロードスの騎士パーン卿が協力して再興させたもの。あなたこそがふさわしい」

ユーク王子が微笑む。

そう言われて、ライルに断れるはずがなかった。

「わかりました……」

ライルは神妙にうなずく。

そして、荼毘に付されている父の亡骸に向かってひざまずいたユーク王子の頭に、誓約の宝冠を慎重に載せた。

その瞬間、集まった人々が祝福の声をあげる。

カノンに、新王が誕生したのだ──


夜が明けたが、カノンの街はまだ騒々しい。数日は、この状況が続くことだろう。

そんなカノンの街を後に、ライルはサルバドの街を目指し、レッドビークを駆っていた。すぐ隣にはヘリーデがノーラを後席に乗せ、ホワイトヘッドで飛んでいる。

兄アルシャーに顚末《てんまつ》を報告するためである。そしてユーク王からマーモ王への親書も預かっていた。カノンがマーモに対し、同盟と協力を求める内容である。

結果としては、ライルが望んでいたとおりになった。だが、心は重い。ロテール王の死の責任を感じているからだ。

「オレがもっとうまくやっていたら、ユーク王子だけでなく、ロテール王を救えたかもしれないな」

ライルは遠ざかるカノンの王城を振り返ってつぶやく。

後席には、永遠の乙女が座っていた。彼女の美しい金髪が、風になびいている。

「そうかもしれない……」

ディードリットが声をかけてきた。

「だけど、機を逃して、最悪の結果に終わっていたかもしれない。それは誰にもわからないこと。大事なのは次になにをするかよ。あなたはもうロードスの騎士なのだから」

「ロードスの騎士……」

ライルはその言葉の重みを今更ながらに実感している。

ユーク王子を救い出したことで、カノンの人々はライルこそが伝説に謳《うた》われたロードスの騎士の再来だと噂しているのだ。

「わたしは、あなたにとても感謝している。あなたは伝説の向こうに消えかけていたあの人の名を、人々の記憶に蘇《よみがえ》らせてくれたから」

ディードリットが微笑みながら、ライルに手を伸ばし、頬を優しく撫《な》でてくれた。

ライルは涙が流れそうになり、あわてて前に向き直る。

「だけど、オレだけじゃダメなんだ。誰もが、ロードスの騎士にならないと……」

ライルはレッドビークの手綱を持つ手を握りしめた。

そうでなければ、あの強大なフレイムには勝てない。ロードスの平和は守れない。

「アルシャー兄さんに親書を渡したあと、オレはザクソンに向かおうと思います」

「どうして？」

ディードリットが訊《たず》ねてくる。

「ザクソンはパーン卿《きょう》縁《ゆかり》の街です。そんな街がフレイムの侵略に対し、中立の立場を取ろうとしている。オレはザクソンの人々にロードスの騎士の伝説を思い出してほしいんです。そしてノービスを救うため立ち上がってほしい」

「あの人も、きっとそう考えたと思うわ」

ディードリットが同意の言葉をかけてくれた。

彼女の言葉はライルにとって、なによりの励ましである。

（ロードスの騎士の名は、蘇ったかもしれない。だけど、それを永遠にするためには、フレイムとの戦いに勝たなければならないんだ）

ライルは心のなかで強く誓った。

エピローグ

RECORD OF LODOSS WAR

ザイードは、傭兵《ようへい》隊の砦《とりで》の櫓《やぐら》に立ち、ノービスの街を眺めていた。

街の東側は、何事もなく見える。

だが、街の西側では連日、戦いが続いていた。その物音が西風に乗って、規則的に届く。

フレイム王ディアスが到着したのが、七日前のこと。その翌日には五台の新型投石機が組みあげられ、ノービスの城門と城壁に攻撃が開始されたのである。

新型投石機は、長大な丸太の先に縄があり、石弾を装塡《そうてん》するための袋が結ばれていた。丸太の根元には錘《おもり》がつけられている。錘の重さで丸太を撥《は》ねあげ、投石紐《スリング》のような原理で石弾を飛ばすのだ。射程距離は敵の投石機の倍近くある。

それゆえ〝巨人の投石紐〟とフレイム軍は呼んでいた。

(巨人の攻撃に備えていたかのような城壁だったが……)

ある意味、それが現実になったわけだ。

新型投石機は大人五人ほどの重さの巨石を、昼夜を分かたず発射しつづけている。その攻撃を受け、ノービスの堅固な城壁は徐々に崩れはじめていた。分厚い城門も壊れつつある。

「アランからの援軍は来ないね」

テューラが弾むような声で言った。

彼女は櫓から東の方向を見張っている。

アラニアの王都アランの街へと続く街道が延びているが、ここ数日、誰ひとりとして通っていない。

「ノービスが落ちたら後がないのを、アラニア王はわかっていないようですな」

ラジブ司祭が憮然《ぶぜん》と言った。

戦神マイリーの司祭ゆえ、敵国の王にも英雄であってほしいのだろう。

「北のザクソン、ビルニが中立を宣言し、南のカノンでは内乱が続いています。援軍を送るどころではないのでしょう」

ザイードは司祭に笑いかける。

「楽ができていいわ」

テューラが大きく伸びをした。

傭兵隊の任務は東の街道の封鎖である。誰も通らないのだから、なにもすることがないのだ。こうして交替で櫓で見張りに立つぐらいである。

「ザイード！」

そのとき梯子《はしご》を登って、傭兵隊長のグラーフがやってきた。

グラーフ隊長はザイードのことを、参謀かなにかだと思っているらしい。なにかあるたび、意見を求めてくるのだ。もちろん、悪い気はしない。思いつくかぎりの助言をしている。

「なにか動きがありましたか？」

ザイードはグラーフ隊長に訊ねた。

「西の戦場は変わらずだ。城門を完全に破壊するには、まだ数日はかかるだろう。それか
ら第一軍と第二軍が城内に突入する。我ら傭兵隊の仕事は、ノービスの街を脱出しようと
するアラニアの貴族、騎士の捕縛になるだろうな」

外郭の城壁は内郭の城壁より高いので、そこを占拠すれば攻城兵器を運びあげ、内側の
城壁、さらには街の中心にあるノービス侯の城館すら攻撃できる。街は落ちたも同然だ。

「他国の状況は？」

ザイードには、そちらのほうが気になる。

「カノン王が死んだらしい……」

隊長が答え、カノンでなにがあったかを教えてくれた。

貴族らの反乱により、王城に幽閉されていたカノン王だったが、皇太子を脱出させたあ

と、自ら命を断ったのだという。その死が広まるや、カノンの民は反乱を起こした貴族に対し、一斉に蜂起《ほうき》したのである。新王となった皇太子は民衆の力を借り、フランページの街を攻め落とし、港街ルードを包囲した。

そして対岸にあるマーモの港街からマーモ海軍が出撃。古代王国の〝魔船〟を繰り出し、ルード海軍を全滅させたという。

（魔船は邪神戦争のおり、マーモ海軍を全滅させているからな）

マーモ王国は魔船を拿捕《だほ》し、秘密兵器として隠し持っていたのだ。

「ルード侯は降伏の後、自死を選んだそうだ。フランページ、ルードが落ち、他のカノンの貴族は新王に恭順したそうだ。ただし、北の城塞都市バストールだけは降伏を拒み、城門を閉ざしているそうだが」

「カノン王は命を捨てることで、カノンをひとつにまとめようとしたのかもしれませんな」

カノン王ロテールは有力貴族が反乱を起こしたとき、戦いもせず、王城を明け渡したと聞いている。それゆえ愚鈍な王だと思っていたのだが、その判断は早計だったようだ。

「マーモ王アルシャーはカノンに上陸し、ユーク新王と同盟を結んだ。フレイムに対し、共闘するだろう」

グラーフ隊長がそう言って苦笑する。だが、表情には余裕が感じられた。マーモ、カノンの二国が共闘しても、フレイムのアラニア方面軍のほうが数においても装備においても勝っているからである。

「アラニアを救うには、遅すぎましたね。バストールは堅牢《けんろう》な城塞《じょうさい》都市。そう簡単には落ちないでしょう。我が軍がアランの街を占領するほうが先のはず」

フレイム軍はアラニアを征服したあとに、カノン、マーモの連合軍と対決することになる。この両国との決戦に勝てば、ロードス征服はなかば完了したといっていい。

もっとも、ザイードにとって、それからが本当の戦いである。マーモの体制を守らねばならないのだ。

「そう言えば、もうひとつ、気になる報《しら》せがあった」

グラーフ隊長が思い出したように言った。

「それはなんです？」

ザイードは続きを促す。

「カノンの街に、永遠の乙女が現れたそうだ。ロードスの騎士を名乗る若者と一緒にな」

「永遠の乙女？　ロードスの騎士？」

ザイードは驚いた。

永遠の乙女を捜し、味方にするよう策を授けたのは、他ならぬ自分である。だが、ロードスの騎士の出現は予想していなかった。

「ロードスの騎士といっても、もちろんパーン卿とは別人だがな」

「それはそうでしょう……」

ザイードは苦笑する。

永遠の乙女と違い、ロードスの騎士パーンは定命の人間なのだ。

「それで、その若者の名前は？」

「ライルというらしい」

グラーフ隊長が答える。

（やはり、な）

ザイードは心のなかで笑う。よくやったと褒めてやりたいぐらいだった。

「ロードスの騎士と言えば……」

それまでふたりの会話を黙って聞いていたラジブ司祭が言葉を挟んでくる。

「先王スロール陛下が、このようなことを言っておられました。ディアス様のロードス統一の野心を知ったときのことですが、本当に恐ろしい敵をディアス様はわかっておられぬ、と」

「恐ろしい敵？」

グラーフ隊長が首をひねる。

「ロードスの騎士の伝説だと、スロール陛下はわたしに教えてくださいました。ディアス様に伝える必要はないとのことでしたが……」

「ディアス陛下なら、笑止のひと言でしょう」

グラーフ隊長が笑う。

「でしょうな」

ラジブ司祭も同意する。

「ですが、先王陛下がそう仰《おつしや》るのはわかります……」

ザイードは真顔で言った。

「フレイム建国王カシュー陛下が、ひそかに恐れていたのはロードスの騎士であったと伝えられています。本当かどうかはわかりません。ただ、ロードスの騎士は六王に異を唱えることを許されたただひとりの人物。そして彼が立ち上がれば、ロードスの民すべてが味方になったはずですから」

「それは過去の話だろ？　ロードスの騎士の伝説は、今でも有名だ。だが、パーン卿はもういない。誰がロードスの騎士を名乗ろうと、それは偽物に過ぎん」

「その通りです……」

ザイードはグラーフ隊長にうなずいた。

「その偽物が本物にならないかぎりは、ですが」

「本物になると思うの？」

テューラが不安を覚えたのか、会話に割って入ってくる。

「わからないよ……」

ザイードは笑いながら首を横に振った。

「だが、もしも、そうなったら、ディアス陛下にとって、ロードスの騎士の伝説は、もっとも恐ろしい敵となるはずだ」

そして、この大戦はフレイム王ディアスという生身の英雄と、ロードスの騎士パーンという過去の英雄との対決になるだろう。

外伝・光と闇の境界

1

焼け焦げた黒い大地を覆い隠そうとするように無数の若木が育っている。

三年前に植樹したものだ。

これらの若木が森となるには、五十年はかかる。だが、千年を超える寿命を持つ森の妖《よう》精《せい》エルフにとって、それは問題となる年月ではなかった。まして、セルティスはまだ生まれて十五年。人間ならもう成人だが、エルフ族にとっては子供のようなものだ。

「醜《バーク》い……」

セルティスはつぶやくと、一本の若木の幹の根本に鉈《なた》を振るった。

その若木の枝は奇妙にねじ曲がり、幹にはいくつもの瘤《こぶ》が浮きあがっている。樹皮は赤黒い苔《こけ》が張りついたように変色し、葉は灰色の黴《かび》のようなもので覆われている。

鉈を二度打ちつけると、若木は枝葉を揺らしながら地面に倒れた。切株からは、どす黒い液体とともに寄生虫のような菌糸が染みだしてくる。

「セルティス！　こちらにもあるぞ！」

仲間のひとりが呼びかけてきた。

セルティスは四人の仲間とともに、ここにやってきている。皆、セルティスと同じ年頃だ。二十年ほど前の英雄戦争のおり、人間のみならず、数多くのエルフが命を落とした。だから、一族は何人もの新たな命を生み、育《はぐく》んだのである。枯死した木のあとに、新たな若木が育つのと同じだった。

「残らず切り倒そう！　そして新しい苗木を植えるんだ」

セルティスは大声で返した。

「やっぱり、この辺りは駄目なんじゃないか？　闇の森に近すぎるんだ」

別の仲間がセルティスの側にやってきて、疲れた声をかけてくる。そして不安そうに東の方向を見た。

セルティスはつられるように仲間の視線を追う。その先には、黒々と広がる森があった。〝闇の森〟である。

太古の時代から、この地にあった原始の森だと聞いている。

先の大戦で、この闇の森の三分の一ほどが焼失していた。

そこを〝光の森〟として再生させようと、ロードス本島からエルフの一族が移住してきたのである。

焼け跡の中心に森の核となる古代樹を移植し、その周囲に様々な苗木を植えていった。

それから三年、苗木は若木へと成長している。だが、セルティスが切り倒した若木のように闇の森独特の変異を示すものが増えはじめていた。このままでは、闇の森の再生を手助けしただけになってしまう。

だから、セルティスは仲間とともに変異を示す若木を切り倒し、新たな苗木を植えてまわっているのだ。

「ここであきらめたら、オレたちの集落まで闇の森に呑《の》みこまれるかもしれない」

「そのときにはカノンに帰ればいいんだ。マーモ王国だって、この島の闇を滅ぼすことをあきらめた。ここでは闇こそが自然なんだ」

仲間がため息まじりに言う。

集落の大人たちのあいだからも、そんな意見が出始めている。

だが、それでは闇の森に負けたようで、セルティスは悔しいのだ。森の妖精たるエルフ族が育むべきは光輝く美しい森なのである。

「なにをしている！」

そのとき、そう遠くない場所から鋭い声がかけられた。

エルフ語である。だが、強い訛《なま》りがあった。

「ダークエルフ……」

セルティスは身を硬くする。

ダークエルフは闇の森で暮らす邪悪な森の妖精族だ。

そしてそう離れていない場所に、ひとりのダークエルフが姿を現す。

少女であった。

ダークエルフの成長がどうかは知らないが、自分よりいくらか幼く見える。

すこし遅れて、さらにふたりが姿を現したが、いずれも少女と同じぐらいの年頃の少年だった。そう言えば、大人のダークエルフは先の大戦で敗れたとき、この島から脱出したと聞いている。

残された子供たちは下級の妖魔を組織し、マーモ王国に反抗したが、最終的には服従した。だが、それはマーモ王国が、この島の闇と共存する道を選んだからである。

敗れたのはマーモ王国のほうだと、ロードスの人々は噂していた。その通りだと、セルティスも思っている。

「変異した若木を切り倒しているのは、おまえたちか？」

少女が問いかけてきた。

「だったら、どうだというんだ？」

セルティスは高圧的に返す。

「それが、マーモ王国の布告に反していることは知っているか？」

少女がそう言って、つかつか近づいてくる。

「オレたちエルフは、マーモ王国から自治権を与えられている！」

「わたしたちダークエルフもそうだ。マーモ王国の定めには従う。だから、おまえたちが苗木を植えることは許す。だが、育った若木が変異した場合、そこは闇の森であり、ダークエルフの土地となる。それを阻止するのは禁じられている。リーフ様が何度も警告しているはずだ」

「ハーフエルフが、どう言おうと知ったことじゃない──」

セルティスは鼻で笑う。

自分たちの集落に、リーフという名のハーフエルフ女性が何度も足を運び、ダークエルフと共存するよう説得しているのは知っている。その女性はマーモ国王の友人なのだが、友好のためダークエルフの集落で暮らしているという。

その代わり、ダークエルフの女族長は王都ウィンディスの王城ウィンドレストに常駐している。

人質を交換しあっているようなものだ。

「マーモ王国の裁定に従えないというなら、この島から出てゆくことだ！」

ダークエルフの少女が甲高く怒鳴り、指を突きつけてくる。

セルティスは怒りを覚えた。

「出てゆくべきは、おまえたちのほうだろ！」

護身用に腰に吊《つる》していた小剣を引き抜くと、威嚇のため振り上げる。

それを見たふたりのダークエルフの少年は数歩飛び退《の》いて身構えた。腰のベルトには短剣を差しているが、抜こうとはしない。

一方、目の前の少女は、セルティスの持つ小剣を一瞥《いちべつ》したものの、その場を動こうとはしなかった。

「やれるものならやってみろ！　わたしを傷つければ戦いになる。そして非があるのは、おまえたちのほうだ。妖魔も人間も魔獣も、闇の森の住人すべてがおまえたちを敵と見なす。そしてマーモ王国も、布告を破ったおまえたちを守りはしない！」

少女が挑戦的に言う。

「ああ、やってやる！」

頭に血が上っていたセルティスは、小剣を少女に振り下ろす。

そして小剣の切っ先は、ダークエルフの少女の額を浅く切り裂いた。

「えっ？」

その瞬間、頭が真っ白になる。

傷つける気などなかったのだ。

小剣が届くとは思わなかったし、少女も避《よ》けると思った。

「セルティス！」

いつの間にか集まっていた仲間らが驚きの声をあげる。

「ミューニア！」

ダークエルフの少年たちも叫んだ。おそらく、この少女の名前だろう。

少女の額には一条の傷が走り、黒い血が流れだしている。

彼女もなにが起きたのかわからないような表情をしていた。だが、血が目に入りそうになり、あわてて傷口を押さえる。

「よくも！」

ダークエルフの少年らが両腕を交差させた。精霊を召喚するつもりなのだろう。魔法で戦えば、ダークエルフのほうに分がある。この邪悪な森の妖精は、魔法に対し、強い耐性を持っているからだ。

「セルティス！　引き上げよう！」

仲間たちがあわてて言う。

腕を強く引っ張られた。

「あ、ああ……」

セルティスは我に返り、ダークエルフたちに背を向ける。

そして走りはじめたが、足がうまく動かない。何度も転びそうになるのを仲間らに支えられ、セルティスはその場を離れた。

2

マーモ王国の王城ウィンドレストの玉座の間で、ささやかな宴が催されていた。テーブルが運びこまれ、料理や飲み物が並べられている。

騎士団長として国王スパークが不在のあいだこの島を守ってきた〝ロードスの騎士〟パーンが退任することになり、その送別のための宴である。

ロードスの騎士は〝永遠の乙女〟ディードリットとともに帰らずの森にある隠宅へもどる予定だという。

宴に出席しているのは二十名に満たない。国王スパークと妃《きさき》のニース、宮廷魔術師にして宰相であるスレインと夫人のレイリア。その他、パーンと個人的に親しかった者たちだけだ。

本来なら国を挙げて送りだしたいのだが、パーンがこのように希望したのである。彼は自分がマーモの国王代理であったという事実も、公的にはなかったものとした。スパークの今後の統治に影響を残さないためである。

「本当に感謝の言葉もありません……」

スパークはかたく握手しながら、パーンに声をかけた。

取り残されたような寂しさを覚える。

パーンは子供の頃から憧《あこが》れの存在だった。彼の生き方こそが騎士の見本だと思っていた。

だが、スパーク自身は騎士ではなく、一国の王である。

「本音を言えば、このままマーモに留《とど》まってほしいところです。この国はまだ生まれたばかりで、安定には程遠い状況ですから」

「それはオレの仕事じゃないな……」

パーンは握手を終えた手をスパークの肩にかけた。

「スパーク王、マーモの国王はあなただよ。あなたはこの島の闇を受け入れて、新しい国を築くと誓った。それが果たされることを、帰らずの森から見守らせてもらう」

「わたしが闇に染まり、ロードスに害を為《な》すようであれば、遠慮なく滅ぼしにきてください」

スパークは真顔で言った。

マーモ王国は旧マーモ帝国の闇を一掃することを期待されていた。

だが、スパークはその闇を王国に組み込むと決めたのである。当然、批判は多い。パーンもどちらかといえば懐疑的だ。

だが、ダークエルフにせよ、ファラリスの信者にせよ、弾圧すればいいというものではない。法に従うかぎり、彼らを国民として認める。だが、闇を従わせるためには、王国が強くなければならないし、公平である必要もある。

言葉にするのは簡単だが、実行するのは難しいものだ。いつの日か闇に取り込まれ、かつてのマーモ帝国のようになるかもしれない。そのときには、この国は滅びるべきなのだ。その先頭に立つのが、ロードスの騎士に課せられた本来の役割なのである。

「そうならないと信じている」

パーンが笑顔でうなずいた。

部屋の扉が開いたのは、そのときである。

「害を及ぼすのは、闇とは限らないんだからね！」

部屋に入ってきたのはふたり。

そのうちのひとりが金切り声で叫んだ。

細身で小柄な若い女性である。袖《そで》はなく、裾《すそ》も短い服を身に着けており、すらりとした腕と足が印象的だった。

猫のような目、小さな鼻と口、耳は細長く先端が尖《とが》っている。エルフ族の特徴だった。

彼女はハーフエルフなのである。名をリーフという。先の大戦からのスパークの仲間であり、友人でもある。

スパークが終末へと落ちていたあいだに、彼女はずいぶんと成長していた。背は伸び、もう子供には見えない。胸や腰もすこしだが豊かになっていた。

「戦の許しをいただきたい！」

もうひとりが怒りを抑えながら言う。

やはりエルフ族である。肌は日焼けしたような褐色で、髪は白銀色だった。

彼女の名はゼーネア。まだ若いが、ダークエルフ族の族長である。

「リーフ？　それにゼーネア族長？」

スパークは声をかけた。

ふたりは部屋の外で、スパークの言葉を聞いたのだろう。声が大きかったのではなく、彼女らの聴力が鋭敏なのだ。

リーフは〝国王の友人〟の称号を与えられ、今は闇の森のダークエルフの集落で暮らしている。ダークエルフの監視役でもあり、人質でもあった。だが、この島のダークエルフは子供ばかりで、むしろ保護者のような立場となっているそうだ。

そしてゼーネアは妖魔《ようま》兵団の団長として、この王城で暮らしている。妖魔が問題を起こした場合、彼女が解決することになっていた。

「なにかあったのか？」

スパークはふたりに訊《たず》ねた。

「いつものことだ。光の森に移住してきたエルフの若者が闇の森に入り込み、変異しつつある苗木だけを抜いてまわっている」

ゼーネアが険しい表情で答える。

「またか……」

スパークは顔をしかめた。

〝光の森〟は闇の森の西側にある。かつては闇の森の一部だったが、マーモ帝国が滅亡するときに焼失したのだ。

その一帯に、カノンからエルフ族が移住し、普通の森を再生させようとしている。森の中心となる古代樹を移植し、様々な樹木の苗木を植樹し、育てているのだ。

だが、闇の森に近い場所では、育ちつつある若木が闇の森の樹木と同様の変異を起こしつつある。闇の森が再生しようとしているのだ。そしてマーモ王国は、闇の森となったところは、ダークエルフの土地とすると布告している。

だが、エルフはそれに従わず、変異した若木を伐《き》り、新たな苗木を植えていた。

明らかな違反である。マーモ王国は取り決めに従うよう、何度となく警告してきた。

だが、若いエルフたちが今なお植樹を続けている。

エルフは闇の森をダークエルフともども滅ぼすことを望んでおり、そのために招かれたと主張している。マーモ王国がダークエルフと和解したのは裏切りだと非難してもいた。

国王になった当初、スパークが闇を駆逐するつもりだったのは事実である。

それだけに、あまり強くは出られない。

リーフにはダークエルフとの協力関係を確かなものとするため闇の森に行ってもらったわけだが、エルフとの調停役も頼んでいる。

「苦労をかけてすまないな」

スパークはリーフに謝った。

「まったくよ！」

リーフがふたたび金切り声をあげる。不満がそうとう溜《た》まっているようだ。

「先日、エルフとダークエルフが境界付近で遭遇し、争いになった。こちらのひとりがエルフに斬られ、怪我をしている。我らとしては、このまま黙っているわけにはゆかない」

ゼーネアは淡々と言ったが、内心の怒りを抑えるためだろう。

「事態は深刻ということか……」

スパークはうめいた。

エルフとダークエルフが戦いはじめたら、それがきっかけとなり、この島を光と闇に二分する大乱に発展するかもしれない。

たった今、パーンから激励されたばかりだが、マーモの統治は問題だらけである。

「エルフとダークエルフを共存させるのは無理というものよ」

それまで部屋の片隅で静かに弦楽器《リュート》を奏でていた女性がそう言いながら、ふわりと立ち上がった。

彼女もまたエルフである。金糸を束ねたような長い髪や新雪のような白い肌が自ら光を放っているかのように輝いていた。細面で目は切れ長。耳はまるで笹の葉のようであった。

彼女はディードリット。いにしえの妖精であるハイエルフである。ロードスの騎士の伴《はん》侶《りょ》にして〝永遠の乙女〟と謳《うた》われていた。

「だから、どうすべきだというのだ？」

ゼーネアがディードリットに鋭い視線を向ける。

「境界を定めなおすべきね」

ディードリットはゼーネアの視線をはね返すようにぴしゃりと言った。

「境界はすでに定まっている！　だが、それが守られていないから騒動が起こる！」

ゼーネアが語調を強める。

「破られることのない境界を張るしかない。かつて、わたしの故郷がそうであったように」

ディードリットがなにかを思い出そうとするかのように遠くに視線を向けた。

「森の精霊王の結界を張るというのか？」

「それしかないと思う」

ゼーネアの問いに、ディードリットはうなずいた。

「人間ならともかく、森の妖精たる我々には結界は及ばない」

ゼーネアが冷ややかに言う。

「普通なら、ね……」

ディードリットが思わせぶりに笑った。

「エルフとダークエルフとの対立は前から気になっていたの。時間が解決すればいいと願っていたけれど、やはり無理のようだから」

ディードリットはそう続け、スパークを振り返る。

「この問題、わたしに任せていただけませんか？　スパーク王がお気に召すかどうかはわかりませんが」

3

スパークは王都の留守を王妃ニースと宰相スレインに頼み、闇の森にあるダークエルフの集落へ赴いていた。

パーンとディードリット、ゼーネアとリーフに同行してもらう。護衛の騎士や兵士はひとりも連れてこなかった。今回の問題は武力に頼らず、解決させたいのだ。

ダークエルフの集落に入るのは、久しぶりである。

集落の空気は肌に伝わってくるほど、ぴりぴりしていた。

今回の事件で、エルフに対する不満が限界に達しているのだろう。彼らを抑えられないマーモ王国にも不満を募らせているに違いなかった。対応を誤れば、ダークエルフたちは王国との協力関係を断つかもしれない。

「彼女がミューニアだ」

ゼーネアが紹介したのは、ひとりの少女である。エルフとの争いで怪我をしたのが、この少女なのだ。

少女は無言でスパークに一礼する。あきらかに警戒している様子だった。額には刀傷が生々しく残っている。

スパークは少女にエルフと争いになったときの状況をくわしく訊ねた。

「……どう考えても、エルフ側に非があるな」

ミューニアの話を聞き終えて、スパークはため息をついた。

マーモ王国の命令を無視したのも、武器を抜いたのも、エルフのほうだけだ。

「それを判断するのは、エルフたちからも事情を聞いてからだな」

パーンが穏やかに言う。

「もちろんです」

スパークはうなずいた。

「それでは、この森の古代樹に案内してくださらない？」

ディードリットがゼーネアに声をかける。

「闇の古代樹だぞ？　ハイエルフであるあなたが近づいて、本当にいいのか？」

「たしかに同じ森の妖精とはいえ、わたしの故郷とあなたがたの故郷は違う。わたしの故郷は帰らずの森と繋《つな》がっている」

ディードリットが周囲の木々を見回しながら答えた。

「わたしは人間界の生まれだ。妖精界に帰ることはできない」

ゼーネアが憮然《ぶぜん》となる。

「そんなことができるのは、いにしえの妖精だけよ。混血のあたしが言うのもなんだけどさ」

リーフが自嘲《じちょう》ぎみに言った。

妖精は太古に起きた〝神々の大戦〟のとき、この物質界に召喚されたとされる。大戦後の荒廃のなか、物質界に残ることを選んだ妖精族がいたのだ。物質界で暮らすうち、妖精たちは次第に人間化していったという。

「妖精界は物質界と精霊界を繋いでいる。妖精界での営みが、この世界の精霊力を正しく保つとされる。豊かな森が育つのも、肥沃《ひよく》な草原が広がるのも妖精界があってこそ。故郷にいた頃、妖精は人間より精霊に近いと、わたしは思っていた……」

ディードリットがそう言って、パーンに眼差《まなざ》しを向ける。

「だけど、人間の世界に来て、それはすこし違う気がしてきた」

「どう違うと？」

ゼーネアが訊ねた。

むきになって食い下がっているように見える。ハイエルフであるディードリットに対抗心があるのだろう。

「この世界に無数の命と意思が満ちているのは、この世界を誕生させた〝始原の巨人〟が望んだこと。巨人は永遠の孤独を嘆き、哀しみ、怒り、死んだとされるから」

ディードリットの声は、たとえ楽器を奏でていなくても美しい旋律に乗っているような心地よさがあった。

「人間や妖精、もしかしたら精霊にいたるまで、ひとりひとり違う考えを持つのが、当たり前ということだな」

パーンがディードリットにうなずく。

「だから、争いが起こる……」

スパークはため息をついた。

考えが違えば、価値観も異なる。それが争いの元になる。

「たしかに、違いを認めるのは難しい。だけど、すくなくともわたしはドワーフとわかりあえた。愛する人は人間だしね……」

ディードリットがくすっと笑い、ゼーネアを振り返った。

「いつか、ダークエルフとだって仲良くできるかもしれない。今はまだ無理そうだけど」

「それは、お互いさまだ！」

ゼーネアが声を荒らげる。

「オレたちがダークエルフの集落に来ているというだけでも驚きだけどな。オレたちにとって、ダークエルフはもっとも恐ろしい敵だった」

パーンが嚙《か》みしめるように言う。

「この世界を支配しているのは人間だ。我々、妖精《ようせい》は世界の片隅で暮らしているにすぎない。だから常に協力関係を築いてきた」

ゼーネアがつぶやく。

「マーモ王国も、それを願っている。だからこそ、今回の問題はしっかり解決させるつもりだ」

「ディード姉様に丸投げなのに？」

リーフがすかさず茶化《ちゃか》す。

「国王ひとりでなんでも解決できるわけがないだろ！　こういうのは適材適所なんだ」

「スパークの適材……」

リーフがわざとらしく考えこむ。

「なにもなくて悪かったな！」

スパークは怒鳴った。

このハーフエルフの少女は、スパークをからかうことに生きがいを覚えているところがある。好意の裏返しらしいが、とてもそうは思えない。

「悪いけれど、あなたにも手伝ってもらうわよ。むしろ、あなたが主役かも」

ディードリットがリーフに微笑みかけた。

「えっ？」

リーフが顔を強張《こわば》らせる。嫌な予感を覚えたようだ。

「手伝うって、いったいなにを……」

「一緒に常闇の苗床に来てもらう。そして古代樹と闇の森の精霊王に会う」

「ええっ？」

リーフは悲鳴にも似た声をあげる。

「あなたは優秀な精霊使いなんでしょ？」

「たしかに精霊使いだけど、どちらかといえば精神の精霊が得意で……」

「樹木の乙女ドライアードは樹木の精霊にして、魅了を司《つかさど》る精神の精霊。森の王エントの結界も人の心に作用する。つまり、あなたの得意な精神の精霊よ」

ディードリットはそう言いながら、リーフの額に指を当てた。

「ぐぅ……」

リーフが奇妙な呻《うめ》き声をあげる。

「オレはいい友人を持った」

スパークはにやにや笑いを浮かべた。

「なんか腹が立つ」

リーフがスパークを睨《にら》んでくる。

「なにをするつもりかは知らないが……」

ゼーネアがディードリットに不信の目を向ける。

「万が一にも、古代樹を傷つけるような真似はさせないぞ」

「育《はぐく》む森は違うけれど、わたしだって森の妖精よ。それは約束する」

ディードリットが微笑みながら、ダークエルフの族長にうなずいた。

「ロードスの騎士の名と、オレの命にかけて、それは保証しよう……」

パーンがゼーネアに声をかける。

「もっとも、オレはディードがなにをするつもりなのか、まるで分かっていないけどな」

パーンがそう続け、爽《さわ》やかに笑った。

「そんなものかけられても……」

ゼーネアが顔をしかめる。

「だが、あなたのその盲目的な信頼を、わたしは信じることにしよう」

「姉様を素直に信じていいと思う」

リーフが呆《あき》れたように言った。

4

〝常闇の苗床〟はダークエルフの集落ではなく、闇の森で暮らすナグ・アラと呼ばれる人間の小部族の集落にあった。

巨木のうろから入り、地中へと下りていった先である。そこには闇の森を育んだ古代樹が埋まっている。古代樹は森全体に地下茎を張り巡らせ、闇の森の木々すべてと繋がっているそうだ。

スパークはカーディス教団との戦いのおり、この小部族に加勢を頼んでいる。それに応じる条件として、この常闇の苗床に赴き、ある試練を受けさせられた。

それを果たしたことで、スパークはこの小部族にマーモの王だと認められている。

ナグ・アラの族長は昨年亡くなっており、ドニアという名の女性呪術師がその跡を継いでいるが、彼女はまだ試練を乗り越えていないそうだ。それゆえ名目的には、スパークがこの小部族の長でもある。

〝常闇の苗床〟はまた、闇の精霊の集う場所でもあった。

そこを通り抜けるには、闇の精霊が与えてくる恐怖に耐えねばならない。それこそが試練なのだ。

スパークがそれに耐えられたのは、豪胆だったからではなく、真の恐怖を知っていたからである。

今回、苗床に向かうのは、ディードリット、リーフ、ゼーネアの三人だ。彼女らは精霊使いなので、おそらく大丈夫だろう。

「永遠の乙女は、なにをするつもりでしょう？」

うろを下りたところで待ちながら、スパークは訊《たず》ねた。

「おそらく精霊界に入るのだろうな……」

パーンが厳しい顔で答える。

「ディードリットは昔、風の塔で、風の精霊界に入り、風の精霊王ジンと会ったことがある」

彼女らがもどってくるのを待つしかないようだ。炎の精霊王エフリートを崇拝する炎の部族の族長ではあるが、スパーク自身には精霊使いの素養はない。

かなりの時間が経って、ディードリットたちはもどってきた。

ひどく疲れている様子だが、三人とも無事に見える。

スパークはふかく安堵《あんど》した。

「なにがあった？」

ふらふらと近寄ってきたリーフに手を貸しながら、スパークは訊ねる。

「ディード姉様に、丸投げされた……」

リーフが虚《うつ》ろな声で言う。

「森の闇を司る精霊王と盟約を結んだの。あたし、闇に染まっちゃったよ。そのうち肌も黒くなるかも？」

「大丈夫だ。出会ったときから、おまえはけっこう闇っぽかった」

「大丈夫じゃない！　あたし、なんで、こんなのの友人やってるんだろ？」

リーフがため息をつく。

「ありがとうな」

スパークはリーフをかるく抱きしめ、背中を叩《たた》いて労《ねぎら》った。

「うっ……」

リーフはスパークの胸にぽすっと額を当ててくる。

「リーフは本当に優秀だわ。安心して任せられる」

ディードリットが満足そうに言った。

ゼーネアはそんな彼女を呆れたように見つめている。

その様子で、精霊界でなにがあったか、だいたい予想がついた。

そして一行はダークエルフの集落を発《た》って、事件があった闇の森の西の外れに移動する。

ミューニアという少女も連れてきた。

ここから先は、先の大戦のおりの火災で焼失している。地面は焼け焦げ、炭となった樹木が墓標のように立っていた。闇の森に進軍していたロードス連合軍の兵士の多くが、炎に巻かれて命を落としている。

今は焼け跡一面に植樹がなされ、スパークの身長の半分ほどの若木に育っている。だが、この一帯の木々の幹は曲がりくねり、樹皮には無数の瘤《こぶ》が浮き出ていた。闇の森の樹木特有の変異である。

「なるほど、闇の森が再生しつつあるな」

スパークはうなずいた。

「西へ行くほど、変異の割合は少なくなる。エルフが移植した古代樹の影響だ」

ゼーネアが無念そうに言う。

この一帯はもともと闇の森なのだ。光の森こそが侵食していると思っているのだろう。

「森に火を放ったのは、ダークエルフでしょ？　それもエフリートの破壊の炎で。土地を放棄したも同然だと思うけど？」

ディードリットがため息をつく。

彼女も魔法生物に侵された森を燃やしたことがあるそうだ。だが、それはフェニックスによる浄化と再生の炎だ。

「だから、我々はエルフの植樹を妨害しなかった。だが、変異した木々を伐採し、新たに植樹をするのは王国の布告に反している」

「この辺りは闇の精霊力が強いものね。闇の森が育つのは自然でしょうね……」

ディードリットが地面に片膝《かたひざ》を突き、大地に掌《てのひら》を押し当てながら言った。

「もっと西へ行きましょう。光と闇の精霊力が均衡するあたり。その一帯を結界で閉ざす。それを闇の森と光の森の境界とする」

「お願いします」

スパークはディードリットに一礼する。

「やるのはあたしだけどね……」

リーフがぶつぶつつぶやく。

「そうだったな……」

スパークはリーフにも頭を下げた。

「本当は境界などないほうがいいんだけどね」

リーフがため息をつく。

「同感だけどな。争いが起こるよりましだ」

人間は土地に限らず、どんなものにも境界を引きたがる。種族、人種、性別、年齢、出身地、さらには信仰や嗜好《しこう》などですら差別し、優劣をつけるのだ。それを融和させるのは本当に難しい。王都ウィンディスでは様々な対立がある。

「暗黒神ファラリスが司るものは自由と平等。完全なる闇のもとには境界など存在しないのだがな」

ゼーネアが皮肉っぽく言う。

「たしかに、境界は至高神ファリスが司るものだな」

スパークはうなずく。

秩序とは、ある意味、境界を定める行為だ。それがなければ、国は治められない。

マーモ帝国においては、力を持つ者が力を持たない者を思いのままに支配していたという。それは単純で明快だが、力を持たない者が、安心して暮らしてゆけるようにするのが、正しい統治だとスパークは思う。

そのあと、一行は低木が茂るなか、小道を通って西へと進んだ。

ディードリットがときおり立ち止まり、精霊力を感知する。

そして、しばらくしてうなずいた。

「この辺りが、ちょうど闇と光の森が拮抗《きっこう》しているようね」

ディードリットが若木に触れながら言う。

「ここに境界を？」

スパークは訊ねた。

「かまわないかしら？」

ディードリットはゼーネアを振り返り同意を求める。

「結界を張れば、エルフは入れないのだな？」

「ダークエルフもだけどね」

「かまわない。若木が抜かれなければいいのだ。自然のままに育てば、闇の森が勝つ」

「エルフたちとも話し合わないとね。ここへ来てもらいましょう」

ディードリットが言って、風の精霊を召喚する。

そして東から西へと吹きはじめた風に向かって、エルフ語で何事か語りかけた。

5

しばらくすると、五人のエルフが西から姿を現した。

彼らはマーモがカノンを統治していた時代に、ダークエルフによって故郷の森を追われ、アラニアに逃れていたという。

エルフとダークエルフは同じ森の妖精《ようせい》だけに、むしろ敵対心が強い。神々の大戦のおりには異なる陣営に属し、この物質界を舞台に激しく争っている。

「よく来てくださいました……」

ディードリットが丁寧に挨拶《あいさつ》した。

「マーモ王国の名を出されては嫌とは言えぬ」

憮然《ぶぜん》と答えたのは集落の長老である。スパークも国王になる以前に一度会っていた。

「話というのは、このセルティスのことであろう？」

長老はそう言うと、大人たちに隠れるように立っていたひとりの少年を振り返った。

セルティスという名の少年が、表情を強張《こわば》らせながら進みでてくる。

「それもあります。でも、わたしが提案したいのは、すでに起きたことではなく、これからのこと……」

ディードリットはそう答え、光の森と闇の森とに境界を定めたいと告げた。

「あなたの故郷たる帰らずの森のような結界を張るというのか？」

「森の精霊王の力を借りて、結界を張ります。そこに足を踏み入れた者は、二度と出られなくなる迷いの森」

ディードリットが静かにうなずいた。

「あなたがたハイエルフは、人間との関係を断ち、帰らずの森を閉ざした。そして我々すら人間と同等に扱い、カノンを追われたときも救いの手を差し伸べなかった」

エルフの長老が厳しく言う。

どうやら、このエルフ一族はダークエルフだけでなく、ハイエルフにも恨みを抱いているようだ。

「たしかに、わたしたちは帰らずの森を、まるでそこが妖精界であるかのように閉ざし、物質界との関わりを断とうとしました」

ディードリットがうなずく。

「物質界に留《とど》まらず、妖精界に帰ればよかったのだ」

ゼーネアが冷ややかに言う。

「その通りね。だけど、古老たちはそうしなかった。物質界に来ると、純粋な妖精ではいられなくなるのかもしれない。物質界はもともと神々が住まうための世界。精霊界も妖精界もこの世界のために存在する。この世界には、ここにしかない魅力があるのでしょうね」

「我々にとっては、この物質界こそが故郷だ。もともとは妖精界の住人であったとしても、今や人間と変わらぬ。血も混じりつつある」

長老がそう言って、リーフを一瞥《いちべつ》する。

「どちらからも疎まれることもあるけど、あたしはエルフも人間も両方好きよ。どちらの血も流れていることを大切に思う」

リーフが答える。

堂々とそう言える彼女を、スパークは誇らしく思う。

「人間とはうまくやってきた。だが、ダークエルフとはそれはできぬ。光と闇は相容《あいい》れぬものだ」

長老はきっぱりと言った。

「残念ですが、わたしもそう思います。闇の森は醜いと思うし、好きにはなれません。ですが、ダークエルフにとっては大切な故郷。それは認めてくださいませんか？」

「だから、境界か？　だが、エルフとダークエルフ双方に効く迷いの森の結界などない」

「森の光と闇を司《つかさど》る二柱の精霊王の力を借り、二重に結界を張ろうと思います。そうすれば、どちらの種族も通ることができなくなります」

それが、ディードリットが考えだした秘策である。

光を司る森の精霊王の結界はダークエルフを迷わせ、闇を司る森の精霊王の結界はエルフを迷わせるわけだ。

「ハイエルフであるあなたが、か？」

長老が驚きの声をあげる。

「結界を張るのはわたしではなく、こちらのリーフです」

ディードリットがくすりと笑い、ハーフエルフの娘の背後に回り、両肩に手をかけた。

「おまえがひとりで二重の結界を？」

訝《いぶか》しむように長老がリーフを見る。

「やるしかないから」

リーフが恨めしそうな視線をディードリットに向けた。

「そして彼女がそのまま境界の監視者になってくれます」

ディードリットが誇らしげに言う。

「マーモ王国の名において、です……」

スパークはすかさず付け加えた。これは強調しておかねばならない。

「同時に、彼女はダークエルフとエルフ双方の調停者ともなります。今後、なにか問題があれば、彼女に訴えでてください」

「結界のなかにいるこの娘に、どうやって連絡をとる？」

「エルフとダークエルフ双方からひとりずつ連絡係を出していただきます。リーフの仕事の補佐もお願いしたい」

スパークは長老に申し出た。

「エルフとダークエルフが力を合わせれば、二重の結界でも出入りできるのだけどね」

リーフがぽつりと言った。

「できるものか……」

長老が顔をしかめる。

ゼーネアも無言だったが、同じ気持ちだろう。

「いつか、そんな日が来るかもしれません。そのときには境界そのものが不要になることでしょう」

ディードリットが唄《うた》うように言った。

「人間とは違い、我らの寿命は長い。そう簡単には変われぬよ」

「若木のうちは変われます。わたし自身がそうでしたから」

ディードリットが長老に微笑みかける。

「そう言えば、あなたはロードスの騎士の伴侶《はんりょ》だったな」

長老がパーンとディードリットのふたりを交互に見ながら言う。

エルフと人間が結ばれることはあるが、稀《まれ》な例なのだ。

「受け入れてくださいませんか？」

スパークは長老を見つめる。

「断るわけにはゆかぬだろう。今回は、どう考えても我らに非がある。このセルティスがその少女を傷つけたことは謝罪せねばなるまい。償いが必要というなら受けさせよう」

長老がそう言うと、エルフの少年が覚悟の表情でうなずいた。

「その子を傷つけるつもりはなかったんだ。だけど、手元が狂った。彼女は避《よ》けると思ったし……」

「もちろん避けられた」

ダークエルフの少女がばつが悪そうに言う。

「なぜ、避けなかった？　怪我をすれば、エルフとの争いになると考えたのか？」

ゼーネアが少女に問いかける。

「それは、考えなくもありませんでした……」

ミューニアは素直に認めた。

「ですが、そもそも彼の剣が当たるなんて思わなかったんです。見切り損ねてしまいました」

少女が恥じ入るようにうなだれる。

「まだまだ未熟ということだな。リーフ殿のもとで学ばせてもらうといい。おまえが連絡係となれ」

ゼーネアがいつになく優しい表情で、少女に声をかけた。

「承知しました」

少女がうなだれるようにうなずく。

「ならば、このセルティスがこちらの連絡係ということだな」

エルフの長老が少年の背中を押す。

「わかったよ」

少年は仕方なくというようにうなずいた。

「これで、いちおう解決だな……」

スパークは安堵《あんど》の息をつく。

「森の境界は決まったけど、マーモ王国は光と闇を混ぜ合わせるんでしょ？　同じような問題はこれからも起こる。あたしはもう力を貸せないから」

リーフが意地悪く言う。

だが、「力を貸さない」ではなく「力を貸せない」というのが、ありがたく思えた。

現実的に、境界の監視がそれほど多忙とは思えない。彼女の力は、これからも必要になるはずだ。

「境界のなかに屋敷を建てよう。オレもときどき巡察に行くから」

「あなたは国王だもの。好きにすればいいじゃない」

リーフがそう言って、そっぽを向く。

「好きにできても、楽はできないんだけどな」

スパークは闇の森を振り返りながらつぶやいた。

マーモ王国の統治は問題だらけで、パーンとディードリットも去る。信頼できる仲間もいるが、圧倒的に人材不足だ。

（百年後、この島はどうなっているのだろう）

マーモ王国がそこまで続いているかどうかはわからない。一日一日を全力で生き延びているような状況なのだ。それが続くことを願うしかない。

しかし、マーモ王国の建国王スパークの不安は幸運にも現実とはならなかった。

百年後にも、マーモ王国は存続し、スパークの子孫が王位を継承していたのである。

だが、千年続くと期待されていた平和は、失われた。

ロードス全土を巻き込んだ新たな大戦がはじまったからである。

そしてマーモ王国もまた、その大戦に巻き込まれてゆくことになるのだ——

あとがき

RECORD OF LODOSS WAR

ようやく完成しました！

お待ちいただいていた皆様、たいへん申し訳ありませんでした。当初は四月刊行予定だったので、四ヶ月遅れということになります。普通のラノベなら、もう一冊ぐらいは出ていますよね……

今年の四月で、ラノベ作家としてデビューして三十一年目に突入しましたが、執筆速度については遅くなる一方です。これから早くなるとも思えませんので、第二巻は一年以内の刊行を目標にします。どうか読者の皆様には気長にお待ちいただきたいと思います。

変化の激しいラノベ業界において三十年以上も創作活動を続けてこられたのは、ずっと支持してくださっている読者の皆様のおかげであると本当に感謝しております。

さて、本書『ロードス島戦記　誓約の宝冠1』は、ご存知とは思いますが『ロードス島伝説』『ロードス島戦記』『新ロードス島戦記』の続編ということになります。ただし時代は『新戦記』の百年後ですし、主要キャラクターもほぼ総入れ替えされていますので、既刊は読んでいなくても大丈夫だと思います。本書から読みはじめたという読者もおられるかもしれませんが、過去話は気にせず、読み進めてください。

正直なところ、新シリーズを書くかどうかについては、ずいぶん迷いました。どんな作品を書こうと、一定数の読者はかならず裏切ることになってしまうからです。「そっとしておいてほしい」という意見は間違いなくあると思います。

それでも新シリーズを始めたのは、作家生活三十周年だったり海外展開だったりと大人の事情も諸々《もろもろ》ありますが、究極的には書きたいと思えるアイデア（テーマ？）が思い浮かんだからというしかありません。それもひとつではなく複数あります。それらが重層的に絡みあい、ストーリーが展開し、ラストに至ってくれるのではないかと、作者としては期待しています。

現時点では明確なラストは決まっていません。ストーリーがどう展開するかも未知数です。これは私のいつものスタイルで、だいたいはうまくゆきます。

ただし、うまくゆかせるには作品ととことん向きあうしかありません。世界設定を掘り返し、既刊から伏線に使えそうなエピソードを見つけだし、新しく登場させたキャラクターたちと対話する。執筆中の作者は、なかば異世界に転生しているようなものなのです。

幸いにも、本書を書き進めてゆくうち、いろいろ見えてきましたので、二巻についてはなんとか進められそうです。

〝ロードスの騎士〟を名乗ることになった主人公（？）ライルをはじめ、マーモ王国の王子、王女らがどんな活躍をするか、どうかご期待ください。

ページが余ったので、唐突ですが、本書におけるファンタジー用語の表記について、すこし補足させていただきます。

ロードスは〝西洋風〟ファンタジーなので、もともとの用語はほとんど外国語です。ところが、カタカナを使うとファンタジー独特の重厚感や幻想的な雰囲気がなくなるので、昔は避ける傾向にありました。

一方、ロードスは〝ゲーム〟ファンタジーでもあるので、特殊な用語が多く、カタカナを使わないと、読者とイメージを共有できないという問題があります。

たとえば「怪物《モンスター》」ですが、いきなり「ゴブリンが現れた」と書くと、ゴブリンのことを知らない読者にはイメージできません。たとえ知っていたとしても、作品によって設定が異なるので、混乱するかもしれません。

そこで初出では「赤い肌をした小鬼」と文章で説明するか、「赤肌鬼《ゴブリン》」のように外見が想像できる漢字を当て、本来の名前をカタカナでルビをつけるという表記を使っています。二度めからは漢字にルビだと煩《うるさ》いので、単に「ゴブリン」とカタカナにしています。ただし、これはあくまで原則で、前後の文章や場面の雰囲気によって適当に変えています。

「魔法《スペル》」も初出は「火球《ファイアボール》」のようにどんな魔法かイメージできる漢字を当てルビをつけましたが、二度めからはルビなしで「火球」としました。ファイアボールと書くと、ゲーム性が強くなりすぎる気がするからです。最初にルビをつけると、ルビなしの「火球」もファイアボールと読みたくなりますが、どうか好きに読んでください。ちなみに、私自身はそのまま「かきゅう」と読んでいます。ルビをつけているのは「火球」は「ファイアボール」のことだとイメージを共有してほしいからです。

　難しいのは「装備《アイテム》」ですね。たとえば〝剣〟など、一般的な日本語になっている場合は〝ソード〟といったルビはつけないことにしました。こちらも好きに読んでいただいて構いませんが、私は〝けん〟と普通に読んでいます。「長剣《ロングソード》」「小剣《ショートソード》」も、漢字だけで伝わると思ったので今回はルビをつけていません。

　あえてカタカナのルビをつけているときは、その登場人物の装備をデータ的に説明したいときだと思ってください。適当といえば適当なのですが、読みやすく伝わりやすい記述を目指し、これからも工夫します。

二〇一九年六月　水野《みずの》良《りょう》

ロードス島戦記
誓約の宝冠 1
ードス島シリーズの挿絵を担当させて頂ける日が来るとは感無量です!!
輩方が築き上げてきたディードのビジュアルイメージを
現するのは非常に難しかったですが
挿絵で楽しんで頂けると嬉しいです。

ロードス島戦記《とうせんき》　誓約《せいやく》の宝冠《ほうかん》 1

著　水野《みずの》 良《りょう》

角川スニーカー文庫　21533

2019年8月1日　初版発行
2019年9月15日　3版発行

発行者　三坂泰二

発　行　株式会社KADOKAWA
〒102-8177 東京都千代田区富士見2-13-3
電話　0570-002-301（ナビダイヤル）

印刷所　株式会社暁印刷
製本所　株式会社ビルディング・ブックセンター

Printed in Japan　ISBN 978-4-04-107241-7　C0193

★ご意見、ご感想をお送りください★
〒102-8078 東京都千代田区富士見 1-8-19
株式会社KADOKAWA　角川スニーカー文庫編集部気付
「水野 良」先生
「左」先生

角川文庫発刊に際して

角川源義

第二次世界大戦の敗北は、軍事力の敗北であった以上に、私たちの若い文化力の敗退であった。私たちの文化が戦争に対して如何に無力であり、単なるあだ花に過ぎなかったかを、私たちは身を以て体験し痛感した。西洋近代文化の摂取にとって、明治以後八十年の歳月は決して短かすぎたとは言えない。にもかかわらず、近代文化の伝統を確立し、自由な批判と柔軟な良識に富む文化層として自らを形成することに私たちは失敗して来た。そしてこれは、各層への文化の普及滲透を任務とする出版人の責任でもあった。

一九四五年以来、私たちは再び振出しに戻り、第一歩から踏み出すことを余儀なくされた。これは大きな不幸ではあるが、反面、これまでの混沌・未熟・歪曲の中にあった我が国の文化に秩序と確たる基礎を齎らすためには絶好の機会でもある。角川書店は、このような祖国の文化的危機にあたり、微力をも顧みず再建の礎石たるべき抱負と決意とをもって出発したが、ここに創立以来の念願を果すべく角川文庫を発刊する。これまで刊行されたあらゆる全集叢書文庫類の長所と短所とを検討し、古今東西の不朽の典籍を、良心的編集のもとに、廉価に、そして書架にふさわしい美本として、多くのひとびとに提供しようとする。しかし私たちは徒らに百科全書的な知識のジレッタントを作ることを目的とせず、あくまで祖国の文化に秩序と再建への道を示し、この文庫を角川書店の栄ある事業として、今後永久に継続発展せしめ、学芸と教養との殿堂として大成せんことを期したい。多くの読書子の愛情ある忠言と支持とによって、この希望と抱負とを完遂せしめられんことを願う。

一九四九年五月三日

この素晴らしい世界に祝福を！
「小説家になろう」で話題沸騰の
異世界コメディがついに書籍化！
暁 なつめ
illustration 三嶋くろね
シリーズ絶賛発売中！
ゲームを愛する引き篭もり少年・佐藤和真は女神を道連れに異世界転生。ここからカズマの異世界大冒険が始まる……と思いきや、衣食住を得るための労働が始まる。平穏に暮らしたいカズマだが、女神が次々に問題を起こし、ついには魔王軍に目をつけられ!?
スニーカー文庫

真の仲間じゃないと
勇者のパーティーを
追い出されたので、
辺境で
スローライフ
することに
しました
Banished from the brave man's group, I decided to lead a slow life in the back country.
ざっぽん
illust.やすも
お姫様との幸せいっぱいな
辺境スローライフが開幕!!
WEB発超大型話題作、遂に文庫化!
コンテンツ盛り沢山の特設サイトはコチラ!
シリーズ好評発売中!
スニーカー文庫

スニーカー大賞
作品募集中!!!
イラスト／BUNBUN
応募はWEB&カクヨムにて!
締切4月1日
大賞
200万円
優秀賞 50万円
特別賞 20万円
詳細はザ・スニWEBへ
https://sneakerbunko.jp/award/